名典名选丛书

古文小品咀华

[清] 王符曾 编

北京出版集团
文津出版社

图书在版编目（CIP）数据

古文小品咀华 /（清）王符曾编. — 北京：文津出版社，2021.3（2025.6 重印）
（名典名选丛书）
ISBN 978-7-80554-737-4

Ⅰ. ①古… Ⅱ. ①王… Ⅲ. ①小品文—作品集—中国—古代 Ⅳ. ①I262

中国版本图书馆 CIP 数据核字（2020）第 162868 号

总 策 划：安　东　高立志　　责任编辑：乔天一　许　可
责任印制：陈冬梅　　　　　　封面设计：白　雪
书名题字：唐棣华

· 名典名选丛书 ·

古文小品咀华
GUWEN XIAOPIN JUHUA

［清］王符曾　编

出　　　版	北京出版集团
	文津出版社
地　　　址	北京北三环中路 6 号
邮　　　编	100120
网　　　址	www.bph.com.cn
总 发 行	北京出版集团
印　　　刷	北京华联印刷有限公司
经　　　销	新华书店
开　　　本	130 毫米 ×200 毫米　1/32
印　　　张	12
字　　　数	225 千字
版　　　次	2021 年 3 月第 1 版
印　　　次	2025 年 6 月第 2 次印刷
书　　　号	ISBN 978-7-80554-737-4
定　　　价	58.00 元

如有印装质量问题，由本社负责调换
质量监督电话　010-58572393

出版说明

《古文小品咀华》是清初的一部古文选集,纂辑者题"吴门王符曾""吴门后学王符曾",可见他自视为苏州人,其生平已很难考证。他在书前的《赘言》里面说:"予自戊子初夏,既辑《左传》问世,复采《公》《谷》《檀弓》《国策》《史记》、两汉、三国、六朝、及唐宋诸名家鸿文巨篇,合为一编,句栉字比,选胜搜奇,一依《左传咀华》例。"从全国古籍普查登记基本数据库的信息看,名为《左传咀华》的著作,现仅存一部,藏于重庆图书馆,其著者、版本信息著录为"(清)唐符会、(清)朱允谦评点,清康熙四十七年(1708)北山书屋刻本"。按,"会"字繁体作"會","符曾""符會"之差,很可能是因形近致误,而清康熙四十七年的干支恰是戊子。虽然很难解释"王""唐"差异何所由来,但从著者名字、刻书年代看，重庆图书馆所藏《左传咀华》即《古文小品咀华》的前作，还是基本可以认定的。至于两书纂辑者究竟是"唐符会"还是"王符曾"，还是他因某些原因（最常见的是其父母存在入赘、改嫁等情况），既用过王姓，也用过唐姓，就只能等待研究者进一步发掘历史资料了。

现在存世的《古文小品咀华》有两个版本，一为耕读轩刊本，共收文章二百九十一篇，一为周介孚旧藏清抄本，共收文章八十一篇。两本所收文章大略相同，仅有两处差异：

一、耕读轩本所收《告为义帝发丧》，周介孚藏本未收，代之以《上太公尊号诏》。

二、周介孚藏本末篇《嘉庆庚辰七月求雨文》，是全书唯一一篇骈文，不见于耕读轩本。

两本相较，耕读轩本依文章作者朝代编次，上起先秦，下至明代，一代之中，君前臣后，颇合当时通例；周介孚藏本所收文章篇数明显少于耕读轩本，编次亦略失伦序，如所选汉朝文部分，西汉高祖之后，即次以东汉明帝、章帝，再跳回西汉的文帝、景帝、武帝，而以开东汉一朝的光武为帝王之殿军，显然未经夷考。从这个角度说，篇幅较小、抄成较晚的周介孚藏本［《求雨文》写于嘉庆庚辰，即嘉庆二十五年（1820），抄成年代显然不能早于此年］，反而可能反映了《古文小品咀华》的早期形态。而从《清仁宗实录》的记载来看，嘉庆二十五年七月，嘉庆帝曾先后三次分别去静明园龙神庙、万寿山广润祠（今颐和园南湖岛龙王庙）拈香，可知当时北京周边应有较严重的旱情。而《嘉庆庚辰七月求雨文》作为一篇并不如何警切的清代骈文，却被抄在《古文小品咀华》这部收录自先秦到明代散文小品的选集末尾，或者是抄录者目睹时艰，故抄录下来，或者就是抄录者自己所作。从这一点说，周介孚藏本的抄成时间，大概就在嘉庆二十五年，或者稍晚一些的道光初年。那么，到嘉庆、道光之间，《古文小品咀华》的初稿本或许尚在人间，但今天已经不可得见了。

另一值得提及的，是王符曾在《赘言》里面说，刊行《古文小品咀华》，是应"坊客敦请"，也即书商约稿。以此例彼，《左传咀华》也应该是书坊刊印的"市场书"。耕读轩、北山书屋，大概都是书坊的名字。

本次整理《古文小品咀华》，是以耕读轩本为基础的，而将周介孚藏本中的《上太公尊号诏》附录于书末。《嘉庆庚辰七月求雨文》既无甚警句，又与全书体例不合，故黜而不录。王符曾纂辑古文时，为就"小品"之名，对一些本来较长的文章做了删节，仅保留了他认为属于全文精华的部分。本次整理出版，仍其故貌，以见编者由博返约之意。提请读者特别注意。

乔天一

目录

001 / **原序** 王符曾
001 / **赘言** 王符曾

战国策

001 / 游腾为周谢楚　周策
002 / 卫鞅强秦　秦策
003 / 陈轸解谗　秦策
004 / 医谏　秦策
005 / 甘茂自托于苏代　秦策
006 / 秦割河东　秦策
007 / 应侯散金斗士　秦策
008 / 邹忌讽齐王纳谏　齐策
010 / 淳于髡一日见七士　齐策

011 / 淳于髡谏伐魏　齐策

012 / 淳于髡受魏璧马　齐策

013 / 颜斶论贵士　齐策

014 / 王斗谲谏　齐策

016 / 讥田骈　齐策

017 / 田需对管燕　齐策

018 / 谏城薛　齐策

019 / 靖郭君知人　齐策

021 / 苏代止孟尝君入秦　齐策

022 / 鲁连论逐客　齐策

023 / 鲁连论攻狄　齐策

024 / 赵威后问齐使　齐策

025 / 君王后之贤　齐策

027 / 江乙论昭奚恤　楚策

028 / 安陵君请从死　楚策

030 / 苏秦见楚王　楚策

031 / 夺不死药　楚策

032 / 汗明见春申君　楚策

033 / 触詟说赵太后　赵策

036 /	虞卿论从 赵策
037 /	平原君诫平阳君 赵策
038 /	或说张相国重赵 赵策
039 /	魏牟短建信君 赵策
040 /	为建信君谋困茸 赵策
041 /	文侯戒邺令 魏策
042 /	孙臣谏割地讲秦 魏策
043 /	季梁谏魏攻邯郸 魏策
044 /	龙阳君泣前鱼 魏策
045 /	唐雎使秦 魏策
047 /	颜率以术见公仲 韩策
048 /	张翠说秦师下崤 韩策
049 /	卖美人事秦 韩策
051 /	郭隗说昭王 燕策
052 /	苏代止赵王伐燕 燕策
053 /	惠王让乐毅书 燕策
054 /	说魏王见卫客 卫策
055 /	卫新妇三言 卫策
056 /	壶飧得士 中山策

先秦文

057 / 李克论相　慎到
059 / 冯谖市义　慎到
061 / 渔父　屈平
063 / 对楚王问　宋玉
066 / 人问　於陵子仲
068 / 失日　韩非
068 / 前识　韩非
069 / 逐利　韩非
070 / 九石弓　吕不韦
070 / 慎小　吕不韦
072 / 谏始皇书　扶苏
073 / 与李斯书　冯去疾

西汉文

074 / 入关告谕　高祖(刘邦)
075 / 告为义帝发丧　高祖(刘邦)

076 / 恤民诏　文帝(刘恒)

076 / 却千里马诏　文帝(刘恒)

077 / 除肉刑诏　文帝(刘恒)

078 / 日食引咎诏　文帝(刘恒)

079 / 令二千石修职诏　景帝(刘启)

080 / 下州郡求贤诏　武帝(刘彻)

081 / 定仪礼诏　武帝(刘彻)

082 / 益小吏禄诏　宣帝(刘询)

083 / 议律令诏　元帝(刘奭)

084 / 遗章邯书　陈余

085 / 谏封淮南四子疏　贾谊

087 / 上武帝书　东方朔

088 / 遗公孙弘书　邹长倩

090 / 论治道疏　公孙弘

091 / 与相如书　卓文君

092 / 请使匈奴书　终军

093 / 与苏武书　李陵

094 / 项羽本纪赞　司马迁

095 / 孔子世家赞　司马迁

096 / 萧相国世家赞　司马迁

097 / 伍子胥列传赞　司马迁

098 / 信陵君列传赞　司马迁

099 / 平原君虞卿列传赞　司马迁

100 / 屈原贾生列传赞　司马迁

101 / 蒙恬列传赞　司马迁

102 / 谕渤海吏民　龚遂

103 / 与朱邑荐士书　张敞

104 / 移金马碧鸡文　王褒

105 / 与友人书　贾捐之

106 / 报元帝书　王嫱

107 / 奏罢郡国庙　韦玄成

108 / 续卜筮列传　褚少孙

109 / 卫将军青传赞　褚少孙

110 / 敕掾功曹教　王尊

111 / 论傅喜书　何武

112 / 酒箴　扬雄

东汉文

113 / 敕冯异　光武帝（刘秀）

114 / 劳冯异诏　光武帝（刘秀）

114 / 劳耿弇诏　光武帝（刘秀）

115 / 与江南守臣　光武帝（刘秀）

116 / 与子陵书　光武帝（刘秀）

117 / 手诏东平王归国　明帝（刘庄）

118 / 申明科禁诏　明帝（刘庄）

119 / 河内诏　章帝（刘炟）

120 / 敕三公诏　章帝（刘炟）

121 / 赐东平王苍及琅琊王京书　章帝（刘炟）

123 / 戒侯霸书　严光

124 / 与彭宠书　朱浮

126 / 诫兄子书　马援

127 / 与官属　马援

128 / 乞归疏　班超

129 / 自讼书　孔僖

131 / 请复刺史奏事疏　张酺

133 / 被劾自讼书　虞诩

134 / 立后疏　胡广

135 / 遗黄琼书　李固

136 / 与弟圄书　李固

137 / 遗矫慎书　吴苍

138 / 重答夫秦嘉书　徐淑

139 / 女训　蔡邕

140 / 答诘　王充

142 / 与申屠蟠书　黄忠

144 / 与曹操论盛孝章书　孔融

145 / 论酒禁书　孔融

147 / 吊张衡辞　祢衡

三国文

148 / 恤将士令　曹操

149 / 临终遗表　诸葛亮

150 / 答曹公书　关羽

151 / 谏伐孙权疏 赵云
152 / 鹈鹕集灵芝池诏 魏主丕
153 / 遗令戒子 郝昭
154 / 与弟书 虞翻
155 / 与所亲书 张裔
156 / 上许芝事 高堂隆
157 / 上言积粟 邓艾

六朝文

158 / 答桓温诏 简文帝（司马昱）
159 / 白起降赵卒论 何晏
161 / 与弟书 羊祜
162 / 酒德颂 刘伶
163 / 钱神论 鲁褒
165 / 吊孟尝君文 潘岳
166 / 上愍帝请北伐表 刘琨
167 / 与从弟孝征书 钮滔母孙氏琼
168 / 与庾安西书 王胡之

169 / 桃花源记 陶潜

170 / 五柳先生传 陶潜

172 / 答索商书 张天锡

173 / 耿恭传赞 范晔

174 / 修竹弹甘蕉文 沈约

176 / 袁友人传 江淹

177 / 答谢中书书 陶弘景

178 / 与兄子秀书 陈暄

唐文

180 / 帝京篇序 太宗（李世民）

181 / 五斗先生传 王绩

182 / 春夜宴桃李园序 李白

183 / 山中与裴迪书 王维

184 / 苏涣访江浦序 杜甫

185 / 贼退示官吏诗序 元结

185 / 唐亭记 元结

187 / 贻子弟书 颜真卿

188	哀囝 顾况
189	应科目时与人书 韩愈
190	为人求荐书 韩愈
191	答吕医山人书 韩愈
192	送董邵南序 韩愈
193	送殷员外序 韩愈
195	送王含秀才序 韩愈
196	送温处士赴河阳军序 韩愈
198	蓝田县丞厅壁记 韩愈
199	毛颖传赞 韩愈
200	获麟解 韩愈
201	杂说之一 韩愈
202	杂说之四 韩愈
203	对禹问 韩愈
204	殿中少监马君墓志 韩愈
206	河中府法曹张君墓碣 韩愈
207	祭房君文 韩愈
208	陋室铭 刘禹锡
209	送辛殆庶下第游南郑序 柳宗元

210 / 送独孤申叔侍亲往河东序 柳宗元

211 / 送李渭赴京师序 柳宗元

212 / 送濬序 柳宗元

213 / 小石城山记 柳宗元

214 / 蝜蝂传 柳宗元

215 / 桐叶封弟辨 柳宗元

216 / 罴说 柳宗元

217 / 临江之麋 柳宗元

218 / 黔之驴 柳宗元

219 / 永某氏之鼠 柳宗元

220 / 故御史周君碣 柳宗元

221 / 箕子碑 柳宗元

222 / 与孟简书 吴武陵

223 / 送前长水裴少府归海陵序 梁肃

224 / 荔枝图序 白居易

225 / 冷泉亭记 白居易

226 / 陆长源郑通诚哀辞 白居易

228 / 写真自题 裴度

229 / 画谏 卢硕

231 / 复性书　李翱

233 / 谏宪宗服金丹疏　裴潾

234 / 李贺小传　李商隐

236 / 旧臣论　李德裕

237 / 玉箸篆志　舒元舆

238 / 与京西幕府书　刘蜕

240 / 冶家子言　陆龟蒙

241 / 太甲论　陈越石

243 / 梅先生碑　罗隐

244 / 蒙叟遗意　罗隐

245 / 铭秦坑　司空图

246 / 记刘聪辱怀愍　佚名

宋文

248 / 敕曹彬伐南唐　艺祖(赵匡胤)

249 / 睡答　陈抟

251 / 黄冈竹楼记　王禹偁

253 / 严先生祠堂记　范仲淹

254 / 岳阳楼记 范仲淹

256 / 仪舞辨 宋祁

258 / 与富郑公书 欧阳修

258 / 送田画秀才序 欧阳修

260 / 谢氏诗序 欧阳修

261 / 仁宗御飞白记 欧阳修

263 / 伶官传论 欧阳修

264 / 读李翱文 欧阳修

266 / 石曼卿墓表 欧阳修

267 / 爱莲说 周敦颐

268 / 谏院题名记 司马光

270 / 上王长安书 苏洵

271 / 名二子说 苏洵

272 / 族谱引 苏洵

274 / 道旁父老言 王令

275 / 同学一首别子固 王安石

276 / 读孟尝君传 王安石

277 / 读孔子世家 王安石

278 / 郑公夫人李氏墓志 王安石

279 / 比部陈君墓铭 王安石

279 / 宝文阁待制常公墓表 王安石

281 / 赠黎安二生序 曾巩

282 / 墨池记 曾巩

284 / 书与贾明叔书后呈崔德符 田画

285 / 黠鼠赋 苏轼

286 / 游赤壁赋 苏轼

289 / 重游赤壁赋 苏轼

291 / 与米元章书 苏轼

291 / 答秦太虚书 苏轼

292 / 答王敏仲书 苏轼

293 / 猎会诗序 苏轼

294 / 淮阴侯庙记 苏轼

295 / 放鹤亭记 苏轼

297 / 记承天夜游 苏轼

297 / 方山子传 苏轼

299 / 日喻 苏轼

300 / 书临皋亭 苏轼

300 / 定州辞诸庙文 苏轼

301	/	王子立墓志铭　苏轼
301	/	惠州官葬暴骨铭　苏轼
303	/	答人约观状元　苏辙
303	/	蔡叔论　苏辙
304	/	燕论　苏辙
306	/	答宋殿直书　黄庭坚
307	/	秘丞章蒙明发集序　张耒
308	/	汉景帝论　张耒
311	/	古砚铭　崔鶠
312	/	郑默字序　唐庚
313	/	射象记　唐庚
315	/	谒昭烈庙文　王十朋
316	/	东方智士说　朱敦儒
319	/	萧何论　杨时
320	/	与叔兴书　韩驹
321	/	记交趾进异兽　苏过
322	/	跋韩晋公牛　陆游
322	/	祭朱元晦文　陆游
323	/	劝学说　朱熹

324 / 跋苏子美四时歌真迹　周必大
325 / 送郭银河序　杨万里
327 / 祭吴履斋文　季苾
328 / 跋绍兴辛巳亲征诏草　辛弃疾
329 / 相者张仲思觅序　程珌
330 / 岳飞论　章如愚
331 / 祭方孚若宝谟文　刘克庄
332 / 赠秘阁修撰陈公东赞　刘宰
333 / 塔灯记　车若水
334 / 赠汪水云　周方

元文

335 / 刘静修画像赞　欧阳玄
336 / 跋唐太宗六马图赞　王恽

明文

337 / 题兰亭帖　刘基
338 / 里社祈晴文　方孝孺

339 / 独坐轩记 桑悦

341 / 答寇子惇书 康海

342 / 祭少保胡公文 徐渭

343 / 题元祐党碑 倪元璐

344 / 读宋史礼乐志 艾南英

附

346 / 上太公尊号诏 高祖(刘邦)

原序

学者髫年受书，将角力于艺苑之场，求古文大家以开拓其心胸，激发其志气。多为贵乎，少为贵乎？则必曰：贵多。贯通于有得之后，专精于既博之余，洗髓伐毛，陈言务去。少为贵乎，多为贵乎？则又曰：贵少。夫贵少者，非寒俭之谓，非渗漏之谓，谓其能遗糟粕而存精液也，谓其能由驯熟而臻平淡也。择焉精者，语焉必详；至约之中，至博存焉。世有会心人，决不河汉斯言也。是以庖牺氏之画卦也，始以一画而万象包涵乎其中；《虞书》载两朝之事，仅比夏商什之一二，然云烂星华，辉映万祀。《左》《国》《公》《谷》《檀弓》，皆以简贵胜，若出后人手，摘其片言只字，可衍为万语千言。然则今人生古人之后，观古人之遗范，而究其指归，掇其菁英，由博返约，卓然成一家言。宁患不能多哉，但患不能少耳！譬之于物：山中顽石，海上遗砾，却车而载；而随侯之珠，和氏之璧，仅玩弄于掌握之间，然光焰可照前后十二乘，而价重乎连城。譬之于战：班超以三十六骑攻鄯善，入虎穴而取虎子；刘先主之伐吴也，七百里连营，而挠败于秭归。兵贵精，不贵多，此其大彰明较著者也。尝试论之文章一道：学步者，丰满毛羽，矜奇炫异。其继也，则涣然冰释，怡然理顺。逮乎入室之后，笔墨矜贵，必敛才就法，以驯至于入化出神而后已。务得贪多，曷足贵哉！善乎！柳子厚有言："出我文于笔砚之伍，其有评我太简者，慎勿以知文许之。"宋刘克庄亦云："古人名世之文，或以一字而传，如梁鸿之'噫'是也；或以二字而传，如元道州之'欸乃'是也。"而后之文士，驰说骋辞，夸多斗靡，动至累千万言，而不一传。何耶？岂非贵精而不贵多之明验耶！虽然，多寡亦何常之有？昔人出言有章，吐辞为经，本不胶于一定，而文之至者，亦未可以形求也。今试取集中所次读之，虽惜墨如金，而光烛万丈；虽心细如发，而气雄宇宙。金熔玉琢，节短音长。人以为至约而宝之者，予独以为至博而赏之也。支公爱马，叹其神骏。其所以欣赏不置者,固在牝牡骊黄之外也哉!

吴门王符曾 序

赘言

予自戊子初夏，既辑《左传》问世，复采《公》《谷》《檀弓》《国策》《史记》、两汉、三国、六朝及唐宋诸名家鸿文巨篇，合为一编，句栉字比，选胜搜奇，一依《左传咀华》例。成帙之后，久束高阁。兹因坊客敦请，乃汇聚古文短幅若干首付之梓，草草评点，不嫌简陋，盖籍是为乘韦焉。

秦汉以来，文章体制无不原本六经，骚、词、歌、赋本乎《诗》，诏、敕、书、令本乎《书》，论、说、问、答本乎《礼》，考、议、辨、解本乎《易》，记、序、传、志本乎《春秋》，一代制作大手，太上羽翼经传，其次维持世道，其次抒发情性。若夫交结要津，通款深闺，乞怜之态，亵昵之音，龌龊卑琐，狼藉纸上，乃名教之罪人，亦词坛之蟊贼，尚堪滥列于古文也哉！

鹅足短而鹤胫长。古来爱鹤者，未易更仆数。若爱鹅者，唯右军一人而已。然使起右军而问之，则爱鹅之故与爱鹤之意将毋同。

作家聚精汇神，全在起伏转接处，扼要争奇，长篇短幅，其揆一也。譬之崇山峻岭，固多欹奇瑰伟之观，即米公袖中石，亦必层峦耸翠，剔透玲珑，方令人心醉耳。

予量不甚洪，而性极嗜酒，一饮三四升，即酕醄矣。间从青州从事游，狂言謷论，颇有可供笑谈者。《小品咀华》之成，大约皆醉乡遣兴也。青灯一盏，残书数卷，酒中佳趣，摸索殆遍。如扬雄《酒箴》、孔融《论酒禁书》、刘伶《酒德颂》、陈暄《与兄子秀书》、王绩《五斗先生传》、白居易《醉吟先生传》、苏轼《书东皋子传后》诸篇，兼收并蓄，聊以自娱焉。暇则升糟丘以望，念二三知己，俱散之四方：或贸迁有无，集孔方兄所；或穷经皓首，为重馆人；或策蹇裹粮，欲登瀛洲而未至。而吾弟协钧，独挟其才技，捐弃人间，下至重泉，音容日邈，相见无期，抚膺悲恸，乌能已已。友人有曲生者，强予归老于酒泉。予亦心动欲往，又恨毕、阮既殁，达人罕至，风景萧条，无复曩时觞咏之盛。惟庐陵欧阳子号醉翁者，岿然仅存，因品骘其文数首，以舒愤懑云。

自昭明有《文选》，而唐、宋以来，迄乎元、明，评定古文者，无虑数百家，集翠编珠，称极盛矣。独恨射利之辈，以赝乱真，借昔贤名字，点窜成书，不嫌滥恶。是编雅意搜奇，拂落俗尘三斗许，纵有谯诃，不恤也。

浸淫于佛、老二氏之言者，虽工不录。

连珠、七体，半山所诃，入集恐不伦，故芟之。

闺媛能文章者极多，然毕竟带巾帼气，略登一二，以见一斑。

淫词艳曲，坏人心术。流祸中于文章，尚可言耶？予辑古文，凡渐染月露风云，及道儿女闺房之事者，尽汰之，防其渐也。

萧统《文选》、姚铉《唐文粹》、吕祖谦《宋文鉴》，诗文并载，蔚然大观。是编论文耳，未暇旁及。并骚、赋、歌词，概不敢登。

牛鬼蛇神，稗官恶趣也。插科打诨，伧父面目也。皆大方所弗尚，辞而辟之，亦艺林一大快事。

孙月峰先生不喜古文中连用四字句，最与鄙趣合。

至于四六对偶，尤为可陋。司马温公云：臣不能为四六。昌黎、庐陵、眉山父子俱耻为之。非好立异也，亦谓自《左》《国》至秦、汉，本无此体耳。

依宋子京例，经、史、子、集，各为一编。凡史传之文，加《左氏》《国语》《公》《谷》《史记》、两《汉书》《三国志》《晋书》《魏书》、宋、齐、梁、陈、隋书、《新唐书》《五代史》，俱不敢妄意节取，致挂一而漏万也。独列《国策》者，以其为战国游说之书，本非正史也。从《国策》起，故《家语》《檀弓》另列。

诸子之书，可爱者甚多。集中但登《慎子》《韩子》《於陵子》《吕览》数首者，因其可列于先秦耳。他日当荟萃百家，掇其菁华，别成一集，以就正有道云。

六朝骈俪恶习，破坏文章体格，是刻痛加扫除，庶几昌黎起衰遗意。

长篇之患在懈散，短篇之患在局促。集中所载，虽寥寥短幅，而规模阔大，局阵宽展，如尺水兴波，亦复汪洋无际，是能以少许胜人多多许者。

两汉诏令，煌煌巨篇也，似不应列小品中。挚友周隆吉曰：读书要放开眼界。若惯用皮相之法，则四卷中所胪列者，大半不得谓之小品矣，何独汉诏耶？

凡纤巧家数，堕入优俳习气，如陶九成《雕传》、李清补《柳下惠三黜说》，俱不入选。

是编之成，不过应坊客之请，非有心于求工也。见闻寡陋，心气粗浮，必见嗤于识者。忆前贤"罗陈思八斗，贮长吉锦囊"二语，深自愧悔云。

吴门后学王符曾　述

战国策

游腾为周谢楚

周策

秦令樗里疾以车百乘入周,周君迎之以卒,甚敬。楚王怒,让周,以其重秦客。游腾谓楚王曰:"昔智伯欲伐仇(音求)由,遗之大钟,载以广车,因随入以兵,仇由卒亡,无备故也。桓公伐蔡也,号言伐楚,其实袭蔡。今秦者,虎狼之国也,兼有吞周之意;使樗里疾以车百乘入周,周君惧焉,以蔡、仇由(贯串妙)戒之,故使长兵在前,强弩在后,名曰卫疾(妙妙),而实囚之。周君岂能无爱国哉(临风绰约)?恐一日之亡国,而忧大王。"楚王乃悦。

寻常意思，经其咳吐，便如露滚绿荷。战国第一妙舌也！（锡周）

卫鞅强秦

秦策

卫鞅亡魏入秦，孝公以为相，封之于商，号曰商君。商君治秦，法令至行，公平无私，罚不讳强大，赏不私亲近，法及太子，黥劓其傅。期年之后，道不拾遗，民不妄取，兵革大强，诸侯畏惧。然刻深寡恩，特以强服之耳。孝公行之八年，疾且不起，欲传商君，辞不受。孝公已死，惠王代后。莅政有顷，商君告归。人说惠王曰："大臣太重者国危，左右太亲者深危。今秦妇人、婴儿皆言商君之法，莫言大王之法。是商君反为主，大王更为臣也。且夫商君固大王仇雠也，愿大王图之。"商君归还，惠王车裂之，而秦人不怜。

写出刑名家果报。秦之韩非、李斯，汉之张汤、赵

禹，唐之周兴、来俊臣，想未读此耳！以议论行叙事，后人论赞之祖。（锡周）

陈轸解谗

秦策

张仪谓秦王曰："陈轸为王臣，常以国情输楚。仪不能与从事，愿王逐之。即复之楚，愿王杀之。"王曰："轸（顿得妙），安敢之楚也！"王召陈轸告之曰："吾能听子言，子欲何之？请为子约车。"对曰："臣愿之楚（险绝）。"王曰："仪以子为之楚，吾又自知子之楚。子非楚，且安之也！"轸曰："臣出，必故之楚（故字妙），以顺王与仪之策，而明臣之楚与否也（攻其中坚，壁垒尽破矣）。楚人有两妻者，人挑其长者，詈之；挑其少者，少者许之。居无几何，有两妻者死。客谓挑者曰：'汝取长者乎？少者乎（省文）？''取长者。'客曰：'长者詈汝，少者和汝，汝何为取长者？'曰：'居彼人之所，则欲其许我也（入情入理）。今为我妻，则欲其为我詈人也。'今楚王,明主也,而昭阳,贤相也。轸为人臣,而常以国输楚王,王必不留臣,昭阳将不与臣从事矣。以此明臣之楚与不(应前)。"

乘潮弄险惯家也。惯斯巧,巧斯妙矣!(锡周)

医谏

秦策

医扁鹊见秦武王,武王示之病,扁鹊请除。左右曰:"君之病,在耳之前,目之下,除之未必已也,将使耳不聪,目不明。"君以告扁鹊。扁鹊怒而投其石曰:"君与知之者谋之(吐气),而与不知者败之。使此知秦国之政也,则君一举而亡国矣!"

满腔郁勃,却以痛快出之。读之当满饮一斗。(锡周)

甘茂自托于苏代

秦策

甘茂亡秦,且之齐,出关遇苏子,曰:"君闻夫江上之处女乎?"苏子曰:"不闻。"曰:"夫江上之处女,有家贫而无烛者,处女相与语,欲去之。家贫无烛者将去矣(低回有致),谓处女曰:'妾以无烛,故常先至,扫室布席,何爱余明之照四壁者(妙语)?幸以赐妾,何妨欲处女(喁喁尔汝,宛然香口)?妾自以有益于处女,何为去我?'处女相语,以为然而留之。今臣不肖,弃逐于秦而出关,愿为足下扫室布席,幸无我逐也。"苏子曰:"善。请重公于齐。"

异常妩媚。读者但怜其锦心绣口,不复憎摇尾恶态也!(锡周)

秦割河东

秦策

三国攻秦，入函谷。秦王谓楼缓。曰："三国之兵深矣，寡人欲割河东而讲。"对曰："割河东，大费也。免于国患，大利也。此父兄之任也。王何不召公子池而问焉？"王召公子池而问焉。对曰："讲亦悔（奇文），不讲亦悔。"王曰："何也？"对曰："王割河东而讲，三国虽去，王必曰：'惜矣！三国且去，吾特以三城从之。'此讲之悔也。王不讲，三国入函谷，咸阳必危，王又曰：'惜矣（熟于世故之言）！吾爱三城而不讲。'此又不讲之悔也。"王曰："钧吾悔也，宁亡三城而悔，无危咸阳而悔也。寡人决讲矣。"卒使公子池以三城讲于三国，三国之兵乃退。

纵逸而有天然之味。（孙月峰）

不断之断深于断，不劝之劝深于劝。此其立言之妙

也。前路语有低昂，中间格用两平，此其谋篇之妙也。若出后人手，必无楼缓一小段作引子矣。古今文不相及处在此。（锡周）

应侯散金斗士

秦策

天下之士合从相聚于赵，而欲攻秦。秦相应侯曰："王勿忧也，请令废之。秦于天下之士非有怨也，相聚而攻秦者，以己欲富贵耳（看透）。王见大王之狗，卧者卧，起者起，行者行，止者止，无相与斗者；投之一骨，轻起相牙者，何则？有争意也。"于是使唐雎载音乐，予之五千金，居武安，高会，相与饮，谓："邯郸人谁来取者？"于是其谋者，固未可得予也，其可得与者，与之昆弟矣。"公与秦计功者，不问金之所之，金尽者，功多矣。今令人复载五千金随公。"唐雎行，行至武安，散不能三千金，天下之士（哑其笑矣）大相与斗矣。

打破此关，方见真人品、真力量。彼相与斗者，本非佳士耳。虽然，士风至今日而愈不可问矣。无论其他，秀才观风，季考抢馒头，便有斗意，不可不戒。（锡周）

邹忌讽齐王纳谏

齐策

邹忌修八尺有余，而形貌昳丽。朝服衣冠（春云初展），窥镜，谓其妻曰："我孰与城北徐公美？"其妻曰："君美甚，徐公何能及君也！"城北徐公，齐国之美丽者也（春云再展）。忌不自信，而复问其妾曰："吾孰与徐公美？"妾曰："徐公何能及君也！"旦日（春云三展），客从外来，与坐谈，问之："吾与徐公孰美？"客曰："徐公不若君之美也。"明日（春云四展），徐公来，熟视之，自以为不如；窥镜而自视，又弗如远甚。暮寝而思之，曰："吾妻之美我者，私我也；妾之美我者，畏我也；客之美我者，欲有求于我也。"于是入朝见威王（妙在接得无干，妙在接得恰好），曰："臣诚知不如徐公美。臣之妻私臣，臣之妾畏臣，臣之客欲有求于臣，皆以美于徐公。今齐（春云五展），地方千里，百二十城，宫妇左右莫不私王，朝廷之臣莫不畏王，四境之内莫不有求于王。由此观之，王之蔽甚矣。"王曰："善。"乃下令（春云六展）："群臣吏民能面刺寡人之过者，受上赏；上书谏寡人者，受中赏；能谤议于市朝，闻寡人之耳者，受下赏。"令初下（春云七展），群臣进谏，门庭若市。数月之后，时时而间进。期年之后，虽欲言，无可进者。燕、赵、韩、魏闻之，皆朝于齐（云翳消尽，一碧万里）。此所谓战胜于朝廷。

通篇俱用三叠，凡七层，而文法变换令人不觉，如水上波纹回合荡漾，只一水耳。文章之妙极矣！（茅鹿门）

今试语于众曰：海旁蜃气象楼台，必笑而不应，谓其说太矜奇而炫异也。及与之身至海上，目击夫沧溟浩渺中，矗如奇峰，联如叠巘，列如碎岫，隐现不常，移时城郭台榭骤变欻起，其随物肖形，一一如天造地设，而后知蜃气之象楼台非天地间必无事。所谓奇者非奇，而所谓异者非异也。假令予未读此文之先有来告者曰："《国策》载邹忌拟形貌与徐公孰美而入朝见威王。"予当笑而不应,谓其说太矜奇而炫异矣。及得此文,自首至尾,密咏恬吟,为之三复焉,为之留连焉!诧其前半之凭空结撰,能令后半如云收雾散也。诧其后半之妙手空空,偏令前半如霞蔚云蒸也。诧其中间界限分明,划沙印泥而又天然斗笋,痕迹尽化也。而后知邹忌之拟形貌与徐公孰美而入朝见威王,乃古今来绝妙之文,所谓奇者何奇,而所谓异者何异也。噫!今人作文,病蛙徐步,颓蝾缘木;古人作文,凤凰翔舞,龙文耀目。(锡周)

淳于髡一日见七士

齐策

淳于髡一日而见七人于宣王。王曰："子来,寡人闻之,千里而一士,是比肩而立;百世而一圣,若随踵而至也。今子一朝而见七士,则士不亦众乎?"淳于髡曰："不然。夫鸟同翼者而聚居(造句佳),兽同足者而俱行。

今求柴胡、桔梗于沮泽，则累世不得一焉。及之睾黍、梁父之阴，则郄车而载耳。夫物各有畴，今髡，贤者之畴也（文辞不逊，高自称誉）。王求士于髡，若挹水于河，而取火于燧也（跌进一步作结）。髡将复见之，岂特七士也。"

便利极矣，却出之以卖弄声口，故佳。（锡周）

淳于髡谏伐魏

齐策

齐欲伐魏。淳于髡谓齐王曰："韩子卢者，天下之疾犬也。东郭逡者，海内之狡兔也。韩子卢逐东郭逡，环山者三，腾山者五（二语声焰俱有，却无一字涂抹，天姿国色也），兔极于前，犬废于后，犬兔俱罢，各死其处。田父见之，无劳倦之苦，而擅其功。今齐魏久相持，以顿其兵，弊其众，臣恐强秦大楚承其后，有田父之功。"齐王惧，谢将休士。

即鹬蚌相持之说,而此更健峭可喜。不着色而自有华,一幅泼墨山水也。(锡周)

淳于髡受魏璧马

齐策

齐欲伐魏,魏使人谓淳于髡曰:"齐欲伐魏,能解魏患,唯先生也。敝邑有宝璧二双,文马二驷,请致之先生。"淳于髡曰:"诺。"入说齐王曰:"楚,齐之仇敌也;魏,齐之与国也。夫伐与国,使仇敌制其余敝,名丑而实危,为王弗取也(说王语只略写,不着意)。"齐王曰:"善。"乃不伐魏。客谓齐王曰:"淳于髡言不伐魏者,受魏之璧马也。"王以谓淳于髡曰:"闻先生受魏之璧马,有诸?"曰:"有之。""然则先生之为寡人计之何如?"淳于髡曰:"伐魏之事不便,魏虽刺髡,于王何益?若诚便,魏虽封髡,于王何损?且夫王无伐与国之诽,魏无见亡之危,百姓无被兵之患,髡有璧马之宝(一滚说来,为公为私合同而化),于王何伤乎?"

不呆拈璧马,亦不抛荒璧马,旁敲侧打,不即不离。
(锡周)

颜斶论贵士

齐策

齐宣王见颜斶,曰:"斶前!"斶亦曰:"王前!"宣王不悦。左右曰:"王,人君也,斶,人臣也。王曰'斶前',斶亦曰'王前',可乎?"斶对曰:"夫斶前为慕势,王前为趋士。与使斶为趋势,不如使王为趋士。"王忿然作色曰:"王者贵乎?士贵乎?"对曰:"士贵耳(耳字有致),王者不贵。"王曰:"有说乎?"斶曰:"有。昔者秦攻齐,令曰:'有敢去柳下季垄五十步而樵采者,死不赦。'令曰:'有能得齐王头者,封万户侯,赐金千镒。'由是观之,生王之头,曾不若死士之垄也(夭惊)。"宣王曰:"嗟乎!君子焉可侮哉,寡人自取病耳!愿请受为弟子。且颜先生与寡人游,食必太牢,出必乘车,妻子衣服丽都。"颜斶辞去曰:"夫玉生于山,制则破焉，非弗宝贵矣，然太璞不完（较庄生"曳尾涂中"之论，自胜一筹）。士生乎鄙野，推选则禄焉，非不尊遂也，然而形神不全。斶愿得归，晚食以当肉（更有山中白云味，可自怡悦），安步以当车，无罪以当贵，清静贞正以自虞。愿得赐归，安行反臣之邑屋。"则再拜辞去。君子曰："斶知足矣，归真反璞，则终身不辱也。"

精思绮论，妙绝古今。当时田子方、段干木辈不肯为此言，亦不能为此言。（锡周）

王斗谲谏

齐策

先生王斗造门而欲见齐宣王，宣王使谒者延入。王斗曰："斗趋见王为好势，王趋见斗为好士，于王何如？"使者复还报。王曰："先生徐之，寡人请从（亦趣）。"宣王因趋而迎之于门，与入，曰："寡人奉先君之宗庙，守社稷，闻先生直言正谏不讳（其辞尚未毕）。"王斗对曰：

"王闻之过（故作譍语）。斗生于乱世，事乱君，焉敢直言正谏。"宣王忿然作色，不悦。有间，王斗曰："昔先君桓公所好者，九合诸侯，一匡天下，天子授籍，立为太伯。今王有四焉（又奇）。"宣王悦曰："寡人愚陋，守齐国，惟恐失抚之，焉能有四焉？"王斗曰："先君好马，王亦好马。先君好狗，王亦好狗。先君好酒，王亦好酒。先君好色，王亦好色。先君好士，是王不好士（绝倒。后人六窍俱通之说，似从此脱化）。"宣王曰："当今之世无士，寡人何好？"王斗曰："世无骐骥、騄駬，王之驷已备矣。世无东郭俊、卢氏之狗，王之走狗已具矣。世无毛嫱、西施，王宫已充矣。王亦不好士也，何患无士？"宣王谢曰："寡人有罪国家。"于是举士五人任官，齐国大治。

读中幅绝妙文情，令我忆髯参军、短主簿，令公喜，令公怒也。胜处正在宣王每发一言，便陡然喝住，复抽妙绪，有绝处逢生之奇。（锡周）

讥田骈

齐策

齐人见田骈,曰:"闻先生高议,设为不宦,而愿为役。"田骈曰:"子何闻之?"对曰:"臣闻之邻人之女(幻甚,然只是借客形主法)。"田骈曰:"何谓也?"对曰:"臣邻人之女,设为不嫁,行年三十而有七子,不嫁则不嫁,然嫁过毕矣(如何是嫁过毕,思之定当匿笑)。今先生设为不宦,訾养千钟,徒百人,不宦则然矣,而富过毕矣(句法微变)。"田子辞。

只一"设为"生出斧钺。口角尖俏之极,又在一"毕"字上。(张宾王)

张评妙矣,然未竟其说。设为者,装模作样之谓。过毕者,败坏决裂之谓。大抵装模作样之人,必至败坏决裂而止。而败坏决裂之人,皆由装模作样而起。从来

处女生男,处士出山,同坐此病。此文两两相形激射最毒。(锡周)

田需对管燕

齐策

管燕得罪齐王,谓其左右曰:"子孰(语辞)而与我赴诸侯乎?"左右默然莫对。管燕连(涟同)然流涕曰:"悲夫!士何其易得而难用也!"田需对曰:"士三食不得餍(抚膺痛哭),而君鹅鹜有余食;下宫糅罗纨,曳绮縠,而士不得以为缘。且财者君之所轻,死者士之所重,君不肯以所轻与士(较量得妙),而责士以所重事君,非士易得而难用也。"

士者,难得而易用者也。以为易得,便失之矣。(张子登)

拈出轻重,折倒难易,大为千古失意人吐气。(锡周)

谏城薛

齐策

靖郭君将城薛，客多以谏。靖郭君谓谒者，无为客通。齐人有请者曰："臣请三言而已矣（奇想）！益一言，臣请烹。"靖郭君因见之。客趋而进曰："海大鱼。（妙！妙！）"因反走。君曰："客有于此（言无走）。"客曰："鄙臣不敢以死为戏。（妙！妙！）"君曰："亡，更言之。"对曰："君不闻大鱼乎？网不能止，钩不能牵，荡而失水，则蝼蚁得意焉。今夫齐，亦君之水也。君长齐，奚以薛为？夫（作失）齐，虽隆薛之城到于天（亦是奇语），犹之无益也。"君曰："善。"乃辍城薛。

绝妙入门诀。彼莽男子上书十二字，真是强人嚼蜡。（顾宋梅）

游戏之文，乃尔恢奇，所谓别有天地非人间。妙在

竟不止三言，妙在何尝非三言，又妙在精选三言，减一字便无情，增一字即少味。（锡周）

靖郭君知人

齐策

靖郭君善齐貌辩（一篇提纲便重靖郭君）。齐貌辩之为人也多疵，门人弗悦。士尉以证靖郭君，靖郭君不听，士尉辞而去。孟尝君又窃以谏，靖郭君大怒曰："划（翦也）而类，破吾家（极摹大怒神吻）！苟可慊齐貌辩者，吾无辞为之。"于是舍之上舍，令长子御之，旦暮进食。数年，威王薨，宣王立。靖郭君之交，大不善于宣王，辞而之薛，与齐貌辩俱留（更妙，直是生死与俱）。无几何，齐貌辩辞而行，请见宣王。靖郭君曰："王之不悦婴甚，公往必得死焉（真实爱才）。"齐貌辩曰："固不求生也，请必行（已拼一死。盖数年之感激深矣）。"靖郭君不能止。齐貌辩行至齐，宣王闻之，藏怒以待之。齐貌辩见，宣王曰："子，靖郭君之所听爱夫？"齐貌辩曰：

"爱则有之，听则无有（推开爱字，从听字乘势赶入）。王之方为太子之时，辩谓靖郭君曰：'太子相不仁，过颐豕视，若是者信反。不若废太子，更立卫姬婴儿郊师。'靖郭君泣而曰：'不可，吾不忍也。'若听辩而为之，必无今日之患也（巧妙绝伦），此为一。至于薛，昭阳请以数倍之地易薛，辩又曰：'必听之。'靖郭君曰：'受薛于先王，虽恶于后王，吾独谓先王何！且先王之庙在薛，吾岂可以先王之庙与楚乎？'又不肯听辩（换笔），此为二。"宣王太息，动于颜色，曰："靖郭君之于寡人，一至于此乎！寡人少，殊不知此！客肯为寡人来靖郭君乎？"齐貌辩对曰："敬诺。"靖郭君衣威王之衣冠，带其剑，宣王自迎靖郭君于郊，望之而泣。靖郭君至，请相之，靖郭君辞，不得已而受之。七日，谢病强辞，不得，三日而听。当是时，靖郭君可谓能自知人矣（特表靖郭君，是此文主意）！能自知人，故人非之不为沮。此齐貌辩之所以外生、乐患、趣（趋同）难者也。

须知此文全是出色写靖郭君，中间叙貌辩，正为衬出靖郭君赏鉴不谬耳。不得误谓主客并重也。"爱则有

之，听则无有"，较蒯通"孺子不听臣之计"，二语更有回天之力。（锡周）

苏代止孟尝君入秦

齐策

孟尝君将入秦，止者千数而弗听。苏代欲止之，孟尝曰："人事者，吾已尽知之矣；吾所未闻者，独鬼事耳。"苏代曰："臣之来也，固不敢言人事也，固且以鬼事见君（便跌入）。"孟尝君见之。谓孟尝君曰："今臣来，过于淄上，有土偶人与桃梗相与语。桃梗谓土偶人曰：'子，西岸之土也，挺子以为人，至岁八月，降雨下，淄水至，则汝残矣。'土偶曰：'不然。吾西岸之土也，土则复西岸耳（语妙）。今子，东国之桃梗也，刻削子以为人，降雨下，淄水至，流子而去，则子漂漂者将何如耳（正喻双关）？'今秦，四塞之国，譬若虎口，而君入之，则臣不知君所出矣。"孟尝君乃止。

大苏强人说鬼,未必有此情趣。(锡周)

鲁连论逐客

齐策

孟尝君有舍人而弗悦,欲逐之。鲁连谓孟尝君曰:"猿猕猴错(舍也)木,据水则不若鱼鳖处(谓法参差可喜);历险乘危,则骐骥不如狐狸。曹沫奋三尺之剑,一军不能当;使曹沫释其三尺之剑而操铫耨,与农人居垄亩之中(更质奥),则不若农夫。故物舍其所长,之其所短,尧亦有所不及矣。今使人而不能,则谓之不肖;教人而不能,则谓之拙。拙则罢之,不肖则弃之,使人有弃逐,不相与处,而来害相报者,岂非世之立教首也哉(言弃逐而不相与处者,自他国来而害我以相报,将为人所戒)!"

有意通作历落奥古之调,益深以四六对偶为可丑也。篇中一喻再喻,而无杂沓之患,其气走,其魄大耳!(锡周)

鲁连论攻狄

齐策

田单将攻狄,往见鲁仲子。仲子曰:"将军攻狄,不能下也。"田单曰:"臣以五里之城,七里之郭,破亡余卒,破万乘之燕,复齐墟。攻狄而不下,何也?"上车弗谢而去。遂攻狄,三月而不克之也。齐婴儿谣曰:"大冠若箕,修剑拄颐,攻狄不能,下垒枯丘(叶欺)。"田单乃惧,问鲁仲子曰:"先生谓单不能下狄,请闻其说。"鲁仲子曰:"将军之在即墨,坐而织蒉,立则杖插,为士卒倡曰:'何往矣,宗庙亡矣!亡日尚矣!归于何党矣!'当此之时,将军有死之心,而士卒无生之气,闻若言,莫不挥泣奋臂而欲战,此所以破燕也。当今将军东有夜邑之奉,西有菑上之虞,黄金横带,而驰乎淄、渑之间,有生之乐,无死之心,所以不胜者也。"田单曰:"单有心,先生志之矣。"明日,乃厉气循城,立于矢石之所,乃援枹鼓之，狄人乃下。

点缀有情，横插一谣一歌，尤得《左氏》金针。（锡周）

赵威后问齐使

齐策

齐王使使者问赵威后。书未发，威后问使者曰："岁亦无恙耶？民（民字，一篇之骨）亦无恙耶？王亦无恙耶？"使者不悦，曰："臣奉使使威后，今不问王而先问岁与民，岂先贱而后尊贵者乎？"威后曰："不然。苟无岁，何有民？苟无民，何有君（句句生棱，字字有角）？故有问，舍本而问末者耶？"乃进而问之曰（以下有问无对，妙甚）："齐有处士曰钟离子（总出使者意想之外），无恙耶？是其为人也，有粮者亦食，无粮者亦食；有衣者亦衣，无衣者亦衣。是助王养其民者也，何以至今不业也？叶阳子无恙乎？是其为人，哀鳏寡，恤孤独，振困穷，补不足。是助王息其民者也，何以至今不业也？

北宫之女婴儿子无恙耶（忽及一奇女，妙甚！盖不如此便不是威后问也）？彻其环瑱，至老不嫁，以养父母。是其率民而出于孝情者也，何为至今不朝也？此二士弗业，一女不朝（忽作一束，奇），何以王齐国、子万民乎？於陵子仲尚存乎（更幻，更险，可谓出奇无穷）？是其为人也，上不臣于王，下不治其家，中不索交诸侯。此率民而出于无用者，何为至今不杀乎？"

妙在处处是问体，尤妙在齐使默无一语。威后说得尽高兴，齐使听得极败兴。无一痰软语。如画猛虎者，四旁林木都作劲势。此媪胸中，全合圣贤作用。篇首先问岁、民，便知民为国本，食为民天。至末欲杀於陵子仲，竟是夫子诛少正卯手段。（锡周）

君王后之贤

齐策

齐闵王之遇杀，其子法章变姓名，为莒太史家庸夫。

太史敫女奇法章之状貌，以为非常人，怜而常窃衣食之，与私焉。莒中及齐亡臣相聚，求闵王子欲立之，法章乃自言于莒，共立法章为襄王。襄王立，以太史氏女为王后，生子建。太史敫曰："女无媒而嫁者，非吾种也，污吾世矣。"终身不睹（有此一波，令通篇增无限色泽）。君王后贤，不以不睹之故，失人子之礼也。襄王卒，子建立为齐王，君王后事秦谨，与诸侯信，以故，建立四十有余年不受兵。秦昭王尝遣使者遗君王后玉连环，曰："齐多知，而解此环不？"君王后以示群臣，群臣不知解。君王后引椎椎破之，谢秦使曰："谨以解矣。"及君王后病，且卒，诫建曰："群臣之可用者某。"建曰："请书之。"君王后曰："善。"取笔牍受言，君王后曰："老妇已忘矣。"君王后死后，后胜相齐，多受秦间金、玉，使宾客入秦，皆为变辞，劝王朝秦，不修攻战之备。

不拘谨，不琐碎，无张皇之状，无描摹之态。如佳花美木，根株枝叶，俱觉清翠可人。（锡周）

江乙论昭奚恤

楚策

荆宣王问群臣曰："吾闻北方之畏昭奚恤也，果诚何如？"群臣莫对。江乙对曰："虎求百兽而食之，得狐。狐曰：'子无敢食我也。天帝使我长百兽，今子食我，是逆天帝命也。子以我为不信，吾为子先行，子随我后（似痴似黠，绝妙文心），观百兽之见我而敢不走乎？'虎以为然，故遂与之行。兽见之皆走（谐语解颐，读之愁城可破）。虎不知兽畏己而走也，以为畏狐也。今王之地方五千里，带甲百万，而专属之昭奚恤，故北方之畏奚恤也，其实畏王之甲兵也，犹百兽之畏虎也。"

无端捏造，便如真有。东方曼倩有此舌锋，无此文心也。其谐趣处尤在饶有痴态。（锡周）

安陵君请从死

楚策

江乙说于安陵君曰:"君无咫尺之功,骨肉之亲,处尊位,受厚禄,一国之众,见君莫不敛衽而拜,抚委而服,何以也(此君出口便尖利)?"曰:"王过举以色。不然,无以至此。"江乙曰:"以财交者,财尽而交绝(透);以色交者,华落而爱渝。是以嬖色不敝席,宠臣不避轩。今君擅楚国之势,而无以深自结于王,窃为君危之!"安陵君曰:"然则奈何?""愿君必请从死,以身为殉(以赊死博现宠,计绝狡狯),如是,必长得重于楚国。"曰:"谨受令。"三年而弗言(顿住,蓄势)。江乙复见曰:"臣所为君道,至今未效。君不用臣之计,臣请不敢复见矣。"安陵君曰:"不敢忘先生之言,未得间也(再顿,蓄势)。"于是楚王游于云梦,结驷千乘,旌旗蔽日,野火之起也若云霓,兕虎嗥之声若雷霆(文澜壮阔,如火如荼,读之觉纸上有声有色,有景有情,真奇观也)。有狂兕群车依轮而至,王亲引弓而射,一发而殪。王抽旃旄而抑兕首,仰天而笑曰:"乐矣,今日之游也!寡人万岁千秋之后,谁与乐此矣?"安陵君泣数行下而进曰:"臣入则编席,出则陪乘。大王万岁千秋之后,愿得以身试黄泉,蓐蝼蚁(试字妙,蓐字又妙。回盼魂销),又何如得此乐而乐之!"王大悦,乃封坛为安陵君(安陵,名)。君子闻之曰:"江乙可谓善谋,安陵君可谓知时矣(双结)。"

名妓哄孤老,惯用此法,不谓割袖承恩者亦然。先秦笔墨必有一段经营惨淡、踌躇满志之文,令人读之可歌、可喜、可惊、可愕。其法在起处,笔笔作态,笔笔蓄势,忽然幻出一番云堆浪涌境界,如蜃楼海市,光怪陆离,万千气象,得未曾有。后代文宗,惟韩、欧解此,魏、晋、齐、梁,求工字句,专精声律,宜乎神气,去而万里。华赡典丽,已为屈、宋骚赋开山,文章固有风气哉。(锡周)

苏秦见楚王

楚策

苏秦之楚,三日乃得见乎王。谈卒,辞而行。楚王曰:"寡人闻先生,若闻古人。今先生乃不远千里而临寡人,曾不肯留,愿闻其说。"对曰:"楚国之食贵于玉,薪贵于桂,谒者难得见如鬼,王难得见如天帝。今令臣食玉炊桂,因鬼见帝(八字分看合看俱佳)?"王曰:"先生就舍,寡人闻命矣。"

趣而已。(锡周)

夺不死药

楚策

有献不死之药于荆王者（何不自服），谒者操以入。中射之士问曰："可食乎？"曰："可。"因夺而食之。王怒，使人杀中射之士。中射之士使人说王曰："臣问谒者，谒者曰可食，臣故食之。是臣无罪，而罪在谒者也。且客献不死之药，臣食之（王即杀臣，臣亦不死），而王杀臣，是死药也。王杀无罪之臣，而明人之欺王。"王乃不杀。

一开口虽有谐趣，然失之太纤。入后妙论粲化，读之津津味流颐颊，有瑕有瑜，会须分别观之。自古人主服金石而腐肠胃者甚多，何处更觅不死药？只有催命丹耳。中射之士，想曾熟《春秋》，恐蹈许世子弑君之讥，故为君尝药未可知。（锡周）

汗明见春申君

楚策

汗明见春申君,候问三月而后得见。谈卒,春申君大悦之。汗明欲复谈,春申君曰:"仆已知先生,先生太息矣。"汗明憱焉,曰:"明愿有问君而恐固(陋也)。不审君之圣,孰与尧也?"春申君曰:"先生过矣,臣何足以当尧!"汗明曰:"然则君料臣孰与舜?"春申君曰:"先生即舜也。"汗明曰:"不然,臣请为君终言之(不惮烦极矣,翻吐出妙语)。君之贤实不如尧,臣之能不及舜。夫以贤舜事圣尧,三年而后乃相知也。今君一旦而知臣,是君圣于尧而臣贤于舜也(妙)。"春申君曰:"善。"召门吏为汗先生著客籍,五日一见(只如此应付,终不复谈,绝倒)。汗明曰:"君亦闻骥乎?夫骥之齿至矣(淋漓感慨,唾壶击碎),服盐车而上太行。蹄申膝折,尾湛胕(同腑)溃,漉汁洒地,白汗交流,外阪迁延,负棘而不能上(此等处尽可节省,偏不肯省,故妙)。伯乐遭之,下车攀而哭之,解纻衣以幂之。骥于是俯而喷,仰而鸣,声达于天,若出金石声者,何也(一气盘旋)?彼见伯乐之知己也。今仆之不肖,厄于州部,堀穴穷巷,沉浮鄙俗之日久矣,君独无意湔(音笺)祓仆也,使得为君高鸣屈于梁乎?"

感慨之文,却出之以兴会淋漓,自足动人。相传昌黎每读此策,必为之抚膺恸哭。他日出所著《杂说》示孟东野,其第四首云:"世有伯乐,然后有千里马。千里马常有,而伯乐不常有。"东野笑曰:"公此文全从恸哭《国策》得来。"(锡周)

触詟说赵太后

赵策

赵太后新用事,秦急攻之。赵氏求救于齐,齐曰:"必以长安君为质,兵乃出。"太后不肯,大臣强谏。太后明谓左右："有复言令长安君为质者，老妇必唾其面。"左师触詟愿见，太后盛气而揖之。入而徐趋，至而自谢，曰："老臣病足，曾不能疾走，不得见久矣。窃自恕，恐太后玉体之有所郄也，故愿望见。"太后曰："老妇恃辇而行。"曰："日食饮得无衰乎？"曰："恃粥耳。"曰："老臣今者殊不欲食，乃自强步，日三四里，少益嗜食，和于身。"曰："老妇不能。"太后之色少解。左师公曰："老臣贱息，舒祺最少，不肖。而臣衰，窃爱怜之。愿令补黑衣之数，以卫王宫，没死以闻。"太后曰："敬诺。年几何矣？"对曰："十五岁矣。虽少，愿及未填沟壑而托之（映长安君如花影暗横窗）。"太后曰："丈夫亦爱怜其少子乎？"对曰："甚于妇人。"太后笑曰："妇人异甚。"对曰："老臣窃以为媪之爱燕后，贤于长安君。"曰："君过矣！不若长安君之甚。"左师公曰："父母之爱子，则为之计深远。媪之送燕后也，持其踵为之泣（又影长安君，如花影暗横窗），念悲其远也，亦哀之矣。已行，非弗思也，祭祀必祝之，祝曰：'必勿使反。'岂非计久长，有子孙相继为王也哉？"太后曰："然。"左师公曰："今三世以前，至于赵之为赵，赵王之子孙侯者，其继有在者乎（逼入，如素月移花影）？"曰："无有。"曰："微独赵，诸侯有在者乎（再逼入，如素月移花影）？"曰："老妇不闻也。""此其近者祸及身，远者及其子孙。岂人主之子孙则必不善哉（暗香浮动）？位尊而无功，奉厚而无劳，而挟重器多也。今媪尊长安君之位，而封之以膏腴之地，多予之重器，而不及今令有功于国（和盘托出），一旦山陵崩，长安君何以自托于赵？老臣以媪为长安君计短也，故以为其爱不若燕后（找到燕后，文心婉细）。"太后曰："诺，恣君之所使之。"于是为长安君约车百乘，质于齐，齐兵乃出。子义闻之曰："人主之子也，骨肉之亲也，犹不能恃无功之尊，无劳之奉，以守金玉之重也，而况人臣乎（偏不从正意收缴，《国策》每每如此）？"

月影映花，花影浸月，更得微风摇动，而月魄花魂愈觉淡雅宜人，文致似之。（锡周）

虞卿论从

赵策

魏使人因平原君请从于赵。三言之,赵王不听。出遇虞卿,曰:"为入,必语从。"虞卿入,王曰:"今者平原君为魏请从,寡人不听。其于子何如?"虞卿曰:"魏过矣。"王曰:"然,故寡人不听。"虞卿曰:"王亦过矣。"王曰:"何也?"曰:"凡强弱之举事,强受其利,弱受其害。今魏求从,而王不听,是魏求害,而王辞利也。臣故曰:魏过王亦过。"

与《慎子全东地》篇同一匠巧,但彼长而此短耳。(锡周)

平原君诫平阳君

赵策

平原君谓平阳君曰："公子牟游于秦,且东,而辞应侯。应侯曰:'公子将行矣,独无以教之乎?'曰:'且微君之命命之也,臣故且有效于君。夫贵不与富期,而富至;富不与粱肉期,而粱肉至;粱肉不与骄奢期,而骄奢至;骄奢不与死亡期,而死亡至(四者何故毕竟相连?吾甚不解)。累世以前,坐此者多矣(悚然)。'应侯曰:'公子之所以教之者,厚矣。'仆得闻此,不忘于心。愿君之亦勿忘也(各人自检点,足矣)。"平阳君曰:"敬诺。"

热闹场中一服清凉散。鲁连、颜斶而外,不谓尚有知之者。召公危王叔而己更甚焉,韩非论《说难》而身死于秦,凡人长于料人,而疏于自鉴。平原君云:"愿君之亦勿忘也。"有味哉!(锡周)

或说张相国重赵

赵策

说张相国曰："君安能少赵人（凭空而起），而令赵人多君？君安能憎赵人，而令赵人爱君乎？夫胶漆至黏也，而不能合远；鸿毛至轻也，而不能自举（喻意精透而笔最轻倩，兼擅诸子所长）。夫飘于清风，则横行四海，故事有简而功成者，因也。今赵，万乘之强国也，前漳、滏，右常山，左河间，北有代，带甲百万，尝抑强秦四十余年，而秦不能得所欲。由是观之（顿挫），赵之于天下也不轻。今君易万乘之强赵，而慕思不可得之小梁，臣窃为君不取也。"君曰："善。"自是之后，众人广坐之中，未尝不言赵人之长者也（一结，姿态横生），未尝不言赵俗之善者也。

起如奋翮摩空，结如敛翼趋巢，而情态溢乎其间。（锡周）

魏牟短建信君

赵策

建信君贵于赵。公子魏牟过赵,谓赵王曰:"王之先帝,驾犀首而骖马服(句法异样奇丽,犀首、马服谓公孙衍、赵奢,借用都妙),以与秦角逐,当时避其锋。今王憧憧(说来令人发粲),乃辇建信以与强秦角逐,臣恐秦折王之辌(车旁曰辌)也。"

"驾犀首而骖马服"七字,天然精巧,光彩异常。犀首、马服,恰与驾字、骖字掩映生趣,故妙。古文有此佳句,觉晋人清谈,乃成屎橛。(锡周)

为建信君谋困茸

赵策

或谓建信君："君之所以事王者,色也。茸之所以事王者,知也。色老而衰,知老而多(精)。以日多之知,而逐衰恶之色,君必困矣。"建信君曰:"奈何?"曰:"并骥而走者,五里而罢;乘骥而御之,不倦而取道多(名论层出)。君令茸乘独断之车,御独断之势,以居邯郸。令之内治国事,外刺诸侯,则茸之事有不言者矣。君因言王而重责之,茸之轴令折矣。"建信君再拜命,入言于王,厚任茸以事,而重责之。未期年而茸亡走矣。

出奇何减曲逆。我服其胸藏智珠,而畏其舌有龙泉。(锡周)

文侯戒邺令

魏策

西门豹为邺令，而辞乎魏文侯。文侯曰："子往矣，必就子之功，而成子之名。"西门豹曰："敢问就功成名，亦有术乎？"文侯曰："有之矣。乡邑老者而先受坐之士（老者坐先于众），子入而问其贤良之士而师事之，求其好掩人之美而扬人之丑者而参验之。夫物多相类而非也，幽莠之幼也似禾，骊牛之黄也似虎，白骨疑象，武夫类玉（正意不复赘，超甚），此皆似之而非者也。"

竟陵万空上人盆玩最富，偶指一小树曰："此仿倪高士笔也。然佳处全在参差离即间。"予谓万空斯言，暗合行文妙诀。如此篇"幽莠"四语，对偶也，而偏饶跌宕之致，倾侧之态，决非六朝人所能领取。（锡周）

孙臣谏割地讲秦

魏策

华军之战,魏不胜秦。明年,将使段干崇割地而讲。孙臣谓魏王曰:"魏不以败之上割,可谓善用不胜矣;而秦不以胜之上割,可谓不善用胜矣。今处期年乃欲割,是群臣之私而王不知也。且夫欲玺者,段干子也(语爽快,并剪哀梨),王因使之割地;欲地者,秦也,而王因使之授玺。夫欲玺者制地,而欲地者制玺,其势必无魏矣。且夫奸臣固皆欲以地事秦,以地事秦,譬犹抱薪而救火也(老泉《六国论》全祖此)。薪不尽,则火不止。今王之地有尽,而秦之求无穷,是薪火之说也。"魏王曰:"善。"

比《虞卿论讲秦》篇少数倍,而工力悉敌。(锡周)

季梁谏魏攻邯郸

魏策

魏王欲攻邯郸,季梁闻之,中道而反,衣焦不申(便有致),头尘不去,往见王曰:"今者臣来,见人于大行,方北面而持其驾,告臣曰:'我欲之楚。'(写出憨趣。二句连读方见其妙。)臣曰:'君之楚,将奚为北面?'曰:'吾马良。'臣曰:'马虽良,此非楚之路也。'曰:'吾用多。'臣曰:'用虽多,此非楚之路也。'曰:'吾御者善。''此数者愈善,而离楚愈远耳。'今王动欲成霸王,举欲信于天下。恃王国之大,兵之精锐而攻邯郸,以广地尊名。王之动愈数,而离王愈远耳,犹至楚而北行也。"

酷描憨趣,愈转愈妙,如啖蔗尾,渐入佳境。自是《国策》擅场处。(锡周)

龙阳君泣前鱼

魏策

魏王与龙阳君共船而钓，龙阳君得十余鱼而涕下。王曰："有所不安乎（便摹溺爱口角）？如是，何不相告也？"对曰："臣无敢（二字媚）不安也。"王曰："然则何为涕出？"曰："臣为臣之所得鱼也。"王曰："何谓也？"对曰："臣之始得鱼也，臣甚喜，后得又益大，今臣直欲弃臣前之所得矣。今以臣之凶恶，而得为王拂枕席。今臣爵至人君，走人于庭，辟人于途。四海之内，美人亦甚多矣，闻臣之得幸于王也，必褰裳而趋大王。臣亦犹曩臣之前所得鱼也（悟彻语。然悟者当付之一笑，何为泣也），臣亦将弃矣，臣安能无涕出乎？"魏王曰："误！有是心也，何不相告也？"于是布令于四境之内曰："有敢言美人者族。"由是观之，近习之人，其挚谄也固矣，其自冪系也完矣。今由千里之外，欲进美人，所效者庸必得幸乎？假之得幸，庸必为我用乎？而近习之人相与怨我，见有祸未见有福，见有怨未见有德，非用知之术也。

艳丽中带妖媚。南汉主刘鋹嬖波斯女，赐号媚猪。世间俊童皆媚猪也。好洁者宜思割爱，一笑。（锡周）

唐雎使秦

魏策

秦王使人谓安陵君曰："寡人欲以五百里之地易安陵，安陵君其许寡人。"安陵君曰："大王加惠，以大易小，甚善。虽然，受地于先王，愿终守之，弗敢易。"秦王不悦。安陵君因使唐雎使于秦。秦王谓唐雎曰："寡人以五百里之地易安陵，安陵君不听寡人，何也？且秦灭韩亡魏，而君以五十里之地存者，以君为长者，故不错意也。今吾以十倍之地请广于君，而君逆寡人者，轻寡人与？"唐雎对曰："否（陡喝，如闻裂帛），非若是也。

安陵君受地于先王而守之，虽千里不敢易也，岂直五百里哉（急投）？"秦王怫然怒，谓唐雎曰："公亦尝闻天子之怒乎？"唐雎对曰："臣未尝闻也（缓受）。"秦王曰："天子之怒，伏尸百万，流血千里。"唐雎曰："大王尝闻布衣之怒乎（妙）？"秦王曰："布衣之怒，亦免冠徒跣，以头抢地尔。"唐雎曰："此庸夫之怒也，非士之怒也（突如其来，风云变色）。夫专诸之刺王僚也，彗星袭月；聂政之刺韩傀也，白虹贯日；要离之刺庆忌也，仓鹰击于殿上。此三子者，皆布衣之士也，怀怒未发，休祲降于天，与臣而将四矣。若士必怒，伏尸二人，流血五步，天下缟素，今日是也！"挺剑而起。秦王色挠，长跪而谢之曰："先生坐，何至于此！寡人谕矣。夫韩、魏灭亡，而安陵以五十里之地存者，徒以有先生也（涉笔成趣）。"

须知此文有数样声口，数样气色。秦王使人谓安陵，第一样；安陵对秦使，第二样；秦王谓唐雎，第三样；唐雎对秦王，第四样；秦王怫然怒，第五样；唐雎挺剑起，第六样；秦王长跪谢，第七样。要写秦王装模作样，便活画出一恣睢暴戾之秦王；要写秦王心惊胆战，便活画出一低声下气之秦王。要写安陵受制于人，便活画出笑啼不敢之安陵。要写唐雎声势狞恶，便活画出一怒容可掬之唐雎。种种奇妙，何处得来？专诸之刺王僚一段，并不如荆卿所云左手把袖，右手揕胸也，只从四面八方盘旋烘染，而纸上已岌岌摇动。令人一读一击节，真奇笔也。（锡周）

颜率以术见公仲

韩策

颜率见公仲，公仲不见。颜率谓公仲之谒者曰："公仲必以率为阳也，故不见率也。公仲好内，率曰'好士'；公仲啬于财，率曰'散施'；公仲无行，率曰'好义'。自今以来，率且正言之而已矣。"公仲之谒者以告公仲，公仲遽起而见之。

世间有几个胡存斋。闭门谢客者，会须以此法诱之。（锡周）

张翠说秦师下崤

韩策

楚围雍氏五月，韩令使者求救于秦，冠盖相望也（姿态如鹤舞空霄），秦师不下崤。韩又令尚靳使秦，谓秦王曰："韩之于秦也，居为隐蔽，出为雁行。今韩已病矣，秦师不下崤。臣闻之，唇揭者其齿寒，愿大王之熟计之。"宣太后曰："使者来者众矣，独尚子之言是。"召尚子入。宣太后谓尚子曰："妾事先王也，先王以其髀加妾之身（妙语奇谈，令人但赏其娇艳，不觉其亵慢也），妾困不支也；尽置其身妾之上，而妾弗重也。何也（妙语可味）？以其少有利焉。今佐韩，兵不众，粮不多，则不足以救韩。夫救韩之危，日费千金，独不可使妾少有利焉？"尚靳归书（寄书归也）报韩王，韩王遣张翠。张翠称病，日行一县。张翠至，甘茂曰："韩急矣，先生病而来。"张翠曰："韩未急也，且急矣。"甘茂曰："秦，重国、智王也。韩之急缓莫不知，今先生言不急，可乎？"张翠曰："韩急则折而入于楚（一语已透），臣安敢来？"甘茂曰："先生毋复言也。"甘茂入，言秦王曰："公仲柄得秦师，故敢捍楚。今雍氏围而秦师不下崤，是无韩也。公仲且抑首而不朝，公叔且以国南合于楚。楚、韩为一，魏氏不敢不听，是楚以三国谋秦也，如此则伐秦之形成矣。不识坐而待伐，孰与伐人之利（亦明晰）？"秦王曰："善。"果下师于崤之救韩。

他人搁笔之处，独能曲折言之，而风趣在笔端跳跃，绝奇。"少有利"三字，妙不可言。世人清晨忙到昏暮，为他人居间调停，不惜聋耳敝舌，忘餐废寝，想只此为。（锡周）

卖美人事秦

韩策

秦，大国也。韩，小国也。韩甚疏秦，而见亲秦（世人相亲类如此）。韩计之，非金无以也（感慨），故卖美人。美人之价贵，诸侯不能买，故秦买之三千金。韩因以其金事秦，秦反得其金与韩之美人（转一胜，笔如辘轳不足以拟之）。韩之美人因言于秦曰："韩甚疏秦（此转更奇）。"从是观之，韩亡美人与金，其疏秦乃始益明（哑其笑矣）。故客有说韩者曰："不如止淫用，以是为金以事秦，是金必行，而韩之疏秦不明。美人，知内行者也，故善为计者，不见内行。"

本为事秦大费周折，其实因阿堵物大费周折矣。非金无以落纸，慨然！但解几个虚字作转折者，此村童学捉笔也。玩此文几无句不转，无字不转矣，却何尝惯用"然""而"等字，只缘全以神行耳。几转中有极世法处，有极窘涩处，有极懊恨处，有极揶揄处，一一须眉毕现。真咄咄怪事也！司马迁全部《史记》，称传神绝技，然未能攀跻到此。（锡周）

郭隗说昭王

燕策

燕昭王收破燕后即位，卑身厚币，以招贤者，欲将报仇。故往见郭隗先生曰："齐因孤国之乱而袭破燕，孤极知燕小力少，不足以报。然得贤士与共国，以雪先王之耻，孤之愿也。敢问以国报仇者奈何？"郭隗先生对曰："帝者与师处，王者与友处，霸者与臣处，亡国与役处。诎指而事之，北面而受学，则百己者至。先趋而后息，先问而后默，则什己者至。人趋己趋，则若己者至。凭几据杖，眄视指使，则厮役之人至。若恣睢奋击，呴籍叱咄，则徒隶之人至矣。此古服道致士之法也。王诚博选国中之贤者，而朝其门下，天下闻王朝其贤臣，天下之士必趋于燕矣。"昭王曰："寡人将谁朝而可？"郭隗先生曰："臣闻古之君人，有以千金求千里马者，三年不能得。涓（中涓）人言于君曰：'请求之。'君遣之。三月得千里马，马已死，买其骨五百金，反以报君。君大怒曰：'所求者生马，安事死马而捐五百金？'涓人对曰：'死马且买之五百金（有此佳思，隗亦奇人），况生马乎？天下必以王为能市马，马今至矣。'于是不能期年，千里马之至者三。今王诚欲致士，先从隗始。隗且见事，况贤于隗者乎？岂远千里哉？"于是昭王为隗筑宫而师之。乐毅自魏往，邹衍自齐往，剧辛自赵往，士争凑燕。

排调都成峰峦，设色俱化烟云。（锡周）

苏代止赵王伐燕

燕策

赵且伐燕，苏代为燕谓惠王曰："今者臣来，过易水（发端便像），蚌方出曝，而鹬啄其肉，蚌合而钳其喙。鹬曰：'今日不雨，明日不雨，即有死蚌。'蚌亦谓鹬曰：'今日不出，明日不出，即有死鹬（搏兔亦用全力。后人无此情致，只缘心粗耳）。'两者不肯相舍，渔者得而并擒之。今赵且伐燕，燕、赵久相支，以弊大众，臣恐强秦之为渔父也。愿王熟计之也。"惠王曰："善。"乃止。

即韩卢东郭之说，而此更曲畅有味，诞谩有情。其妙全在"过易水"三字，不尔便孟浪矣。（锡周）

惠王让乐毅书

燕策

先王举国而委将军，将军为燕破齐，报先王之仇，天下莫不震动。寡人岂敢一日而忘将军之功哉！会先王弃群臣，寡人新即位，左右误寡人。寡人之使骑劫代将军，为将军久暴露于外，故召将军且休计事。将军过听，以与寡人有隙，遂捐燕而归赵。将军自为计则可矣，而亦何以报先王之所以遇将军之意乎？

故用长句，摇曳作态，如百丈游丝，袅袅空际。（锡周）

说魏王见卫客

卫策

卫使客事魏，三年不得见。卫客患之，乃见梧下先生，许之以百金。梧下先生曰："诺。"乃见魏王曰："臣闻秦出兵，未知其所之。秦、魏交而不修之日久矣，愿王专事秦，无有他计。"魏王曰："诺。"客趋出，至郎门而反曰："臣恐王事秦之晚。"王曰："何也？"先生曰："夫人于事己者过急，于事人者过缓。今王缓于事己者，安能急于事人？""奚以知之（魏王问）？""卫客曰：'事王三年不得见。'臣以是知王缓也（梧下答）。"魏王趋见卫客。

结撰亦奇。《国策》小品中，拔戟自成一队。（锡周）

卫新妇三言

卫策

卫人迎新妇,妇上车,问:"骖马,谁马也?"御曰:"借之。"新妇谓仆曰:"拊骖,无笞服(千锤百炼,一字一珠)。"车至门,扶,教送母曰:"灭灶,将失火。"入室见臼,曰:"徙之牖下,妨往来者。"主人笑之。此三言者,皆要言也(有此一顿,下句便有情味),然而不免为笑者,蚤晚之时失也。

峭劲如精金百炼。与《韩非子》参看,方知《国策》笔力,迥非他书可及。质言之,只是交浅言深四字耳。一经点染,似觉意味无穷,何也?(锡周)

壶飧得士

中山策

中山君飨都士，大夫司马子期在焉。羊羹不遍，司马子期怒而走于楚，说楚王伐中山，中山君亡。有二人挈戈而随其后者，中山君顾谓二人："子奚为者也？"二人对曰："臣有父，尝饿且死，君下壶飧臣父。臣父且死，曰：'中山有事，汝必死之。'故来死君也。"中山君喟然而仰叹曰："与不期众少，其于当厄；怨不期深浅，其于伤心。吾以一杯羊羹亡国，以一壶飧得士二人。"

着墨无多，而沉快莫此。（锡周）

先秦文

李克论相

慎到

魏文侯谓李克曰："先生尝教寡人曰：'家贫则思良妻，国乱则思良相（便作态）。'今所置，非成则璜，二子何如？"李克对曰："臣闻之卑不谋尊，疏不谋戚。臣在阙门之外，不敢当命。"文侯曰："先生临事勿让。"李克曰："君不察故也。居视其所亲，富视其所与，达视其所举，穷视其所不为，贫视其所不取。五者足以定之矣（偏不说明，妙），何待克哉。"文侯曰："先生就舍，寡人之相定矣（亦含蓄）。"李克趋而出，过翟璜之家，翟璜曰："今者闻君召先生而卜相，果谁为之？"李克曰："魏成子为相矣（偏说明，妙）。"翟璜忿然作色曰："以耳目之所睹记,臣何负于魏成子!西河之守,臣之所进也;君内以邺为忧,臣进西门豹;君谋欲伐中山,臣进乐羊;中山既拔,无使守之,臣进先生;君之子无傅,臣进屈侯鲋。臣何以负于魏成子(复笔一)?"李克曰:"且子之言,克于子之君者(独接臣进先生句,劈口喝住,妙),岂将比周以求大官哉!君问而置相,非成则璜,二子何如(复笔二)?克对曰:'君不察故也。居视其所亲,富视其所与,达视其所举,穷视其所不为,贫视其所不取。五者足以定之矣,何待克哉!'是以知魏成子为相也(妙,妙)。且子安得与魏成子比乎(跌进一笔,愈出愈奇)?魏成子食禄千钟,什九在外,什一在内,是以东得卜子夏、田子方、段干木。此三人,君皆师之;子之所进五人者,君皆臣之(有此,味更足),子恶得与魏成子比乎(复笔三)?"翟璜逡巡再拜曰:"璜鄙人也,失对,愿卒为弟子。"

前半枚卜,如天半神龙,爪牙鳞角,忽隐忽现;后半解疑,如广陵怒潮,汹涌澎湃,忽起忽落;而音节之精妙,意味之圆足,间架之丽都,色色神奇,古今独绝。

《公羊》《国策》俱善用复，如《宋人及楚人平晋》《赵盾卫孙免侵陈》《齐侯唁公于野井》《慎子全东地五百里》《陈轸解谗》等篇，脍炙人口。然其妙处，只在不辞费、不犯手耳。惟此文每用一复笔，各有一种天然奇趣，飞舞笔端，可意会而不可言传也。（锡周）

冯谖市义

慎到

孟尝君出记，问门下诸客："谁习计会，能为文收责于薛者乎？"冯谖署曰："能。"孟尝君怪之，曰："此谁也？"左右曰："乃歌夫长铗归来者也。"孟尝君谢曰："文倦于事，愦于忧，而性懧愚，沉于国家之事，开罪于先生。先生不羞，乃有意欲为收责于薛乎？"冯谖曰："愿之。"于是约车治装，载券契而行，辞曰："责毕收，以何市而反？"孟尝君曰："视吾家所寡有者。"驱而之薛，使吏召诸民当偿者，悉来合券。券遍合，起，矫命以责赐诸民（磊磊落落，怪怪奇奇，纸上亦有风驰电闪之势），因烧其券，民称万岁。长驱到齐，晨而求见。孟尝君怪其疾也，衣冠而见之，曰："责毕收乎？来何疾也！"曰："收毕矣。""以何市而反？"冯谖曰："君云'视吾家所寡有者'，臣窃计，君宫中积珍宝，狗马实外厩，美人充下陈。君家所寡有者，以义耳（此物人家颇少）！窃以为君市义。"孟尝君曰："市义奈何？"曰："今君有区区之薛，不拊爱子其民（侃侃正论，但不知其藏之胸中几何时矣），因而贾利之。臣窃矫君命，以责赐诸民，因烧其券，民称万岁。乃臣所以为君市义也。"孟尝君不悦，曰："诺，先生休矣！"后期年，齐王谓孟尝君曰："寡人不敢以先王之臣为臣。"孟尝君就国于薛，未至百里，民扶老携幼，迎君道中终日。孟尝君顾谓冯谖："先生所为文市义者，乃今日见之（回眸一笑百媚生）。"

搜奇选胜，尽态极妍。末赘凿窟一段，翻嫌蛇足。余乙亥岁在荆溪刘丈家，见架上有古本《慎子》四卷，亦载《国策》此篇，但记冯谖收责一事，致为明净，喜而从之。（锡周）

渔父

屈平

屈原既放,游于江潭,行吟泽畔,颜色憔悴,形容枯槁。渔父见而问之曰:"子非三闾大夫欤?何故至于斯?"屈原曰:"世人皆浊我独清,众人皆醉我独醒,是以见放。"渔父曰:"圣人不凝滞于万物,而能与世推移。见到世人皆浊,何不淈其泥而扬其波;众人皆醉,何不餔其糟而歠其醨?何故深思高举,自令放为?"屈原曰:"吾闻之,新沐者必弹冠,新浴者必振衣。安能以身之察察,受物之汶汶者乎?宁赴湘流,葬于江鱼腹中,安能以皓皓之白,而蒙世俗之尘埃乎!"渔父莞尔而笑,鼓枻而去,乃歌曰:"沧浪之水清兮,可以濯我缨。沧浪之水浊兮,可以濯我足。"遂去,不复与言。

读此一过,居然觉山月窥人,江云罩笠。(李长吉)

皓月当空，万籁俱寂，取此文朗吟三遍，令我飘然有遗世之想。（锡周）

对楚王问

宋玉

楚襄王问于宋玉曰:"先生其有遗行与？何士民众庶不誉之甚也？"宋玉对曰:"唯，然，有之（连应三句，笔势纡徐，折出下文来）。愿大王宽其罪，使得毕其辞。客有歌于郢中者（此处先分后总），其始曰《下里》《巴人》，国中属而和者数千人；其为《阳阿》《薤露》，国中属而和者数百人；其为《阳春》《白雪》，国中属而和者不过数十人；引商刻羽，杂以流徵，国中属而和者，不过数人而已。是其曲弥高，其和弥寡。故鸟有凤而鱼有鲲（此处先总后分），凤凰上击九千里，绝云霓，负苍天，足乱浮云，翱翔乎杳冥之上。夫蕃篱之鷃，岂能与之料天地之高哉！鲲鱼朝发昆仑之墟，暴鬐于碣石，暮宿于孟诸。夫尺泽之鲵，岂能与之量江海之大哉？故非独鸟有凤而鱼有鲲也，士亦有之。夫圣人瑰意琦行，超然独处，世俗之民，又安知臣之所为哉!"

水无波澜曲折者,非大观也。山无层峦叠嶂者,非名胜也。文章无步骤层次者,非至文也。故文章之妙在步骤,而步骤之妙在陪衬。如此文宋玉对楚王问,若出俗笔,只末"世俗之民安知臣之所为"一笔可了,此偏将客歌郢中陪起。客歌郢中,若出俗笔,只"曲高和寡"一笔可了,此偏将数千人、数百人、数十人陪出数人,便实说出天壤间德修谤兴、道高毁来一种道理来。却不肯竟说正意,更将凤凰、鲲鱼陪起。凤凰、鲲鱼亦一笔可了,此偏将凤凰、鲲鱼细细洗发一番,便实说出天壤间鸿翔寥廓、人视薮泽一种道理来。然后接入正意,不费辞说,自有水到渠成之妙矣。似此请陪客,方是善请陪客。然陪客请之甚易,遣之甚难。看此文,以客歌郢中陪起,便将"曲高和寡"一句结定。以凤凰、鲲鱼陪起,便将"非独鸟有凤鱼有鲲"一句缴过,随手拈来,随手放倒。此之谓请得来、遣得去,无客碍于主之病。东西京不善学之,信手乱填,不能收拾,至末乃挨次杲束一番,如刘向《封事》、班彪《王命论》犹然,何况余

子!主意说得醒,全在客意衬得起。故何等主人,须用何等客做伴。譬如良辰美景,嘉宾满座,主人之贤自见矣!(锡周)

人问

於陵子仲

齐楚有重丘之役。人问于於陵子曰:"齐,子产也。楚,子居也。得失子具焉。今二国构兵,子将奚直?"於陵子曰:"古者,公侯擅诛伐,天子得按其罪而轻重之。然殷汤歼葛,桀未放也,西伯戡黎,纣未亡也。彼所谓圣人者,且首干而靡悔焉!矧蔑天子未有如今者乎?昔者,泰山与江汉争王,两京不下。泰山矢曰:'弗让,吾飘尘以实彼沟浍,且不为齐主。'江汉亦矢曰:'弗汜,吾余沥以荡彼培塿,且不为楚雄。'于是有中州之蜗,将起而责其是非。欲东之泰山,会程三千余岁,欲南之江汉,亦会程三千余岁。因自量其齿,则不过旦暮之间。于是悲愤莫胜,而枯于蓬蒿之上,为蝼蚁所笑也。今天子且拱手不能按其轻重,而一匹之夫,非有万乘之号,诛赏之权,辄欲起而议之,则何以异于中州之蜗,为蝼蚁所笑也?"

　　省却人多少妄念。其笔致全学蒙庄。(锡周)

失日

韩非

纣为长夜之饮,惧以失日,问其左右,尽不知也。乃使人问箕子,箕子谓其徒曰:"为天下主,而一国皆失日,天下其危矣。一国皆不知,而我独知之(妙,妙),吾其危矣。"辞以醉而不知。

笔妙如转圜。三问称"众人皆醉我独醒",可谓失言。(锡周)

前识

韩非

詹何坐,弟子侍,有牛鸣于门外。弟子曰:"是黑牛也而白题。"詹何曰："然，是黑牛也而白在其角。"使人视之，果黑牛而以布裹其角。以詹子之术，婴众人之心，华焉殆矣。故曰：道之华也。尝试释詹子之察，而使五尺之愚童子视之（略一转掉，无穷意味俱从笔尖中透出，最耐咀嚼），亦知其黑牛而以布裹其角也。故以詹子之察，苦心伤神，而后与五尺之愚童子同功，是以曰愚之首也。故曰：前识者，道之华也，而愚之首也。

触若妙谛，引而伸之，意味俱长。庐陵作文，独饶隽永之致者，会得此诀也。（锡周）

逐利

韩非

鳝似蛇，蚕似蠋。人见蛇则惊骇，见蠋则毛起。渔者持鳝，妇人拾蚕，利之所在，皆为贲诸。

笔力直欲驾《国策》而上之。后代惟柳河东有此，韩、欧未逮也。（锡周）

九石弓

吕不韦

齐宣王好射,悦人之谓己能用强弓也。其尝所用,不过三石。以示左右,左右皆试引之,中关而止,皆曰:"此不下九石,非王其孰能用是!"宣王之情,所用不过三石,而终身自以为用九石,岂不悲哉!

人苦不自知,往往而然。虽然,岂无用九石,而终身自以为用三石者?(锡周)

慎小

吕不韦

贤主谨小物以论好恶。巨防容蝼而漂邑杀人,突泄一熛而焚宫烧积，将失一令而军破身死，主过一言而国残民辱，为后世笑。卫献公戒孙林父、宁殖食。公如囿射鸿，二子待君，日晏，公来，不释皮冠而见二子。二子不悦，逐献公，立公子黚。卫庄公欲逐石圃。登台以望，见戎州而问之曰："我姬姓也，戎人安敢居国?"使夺之宅，残其州。晋人适攻卫，戎州人因与石圃杀庄公，立公子起。此小物不审也。人之情，不蹶于山，而蹶于垤。

论亦警拔。中引卫事稍迂缓。(锡周)

谏始皇书

扶苏

天下初定,远方黔首未集,诸生皆诵法孔子。今上皆重法绳之,臣恐天下不安,唯上察之。

汉之萧、曹,唐之房、魏,为始皇计,不过尔尔。(锡周)

与李斯书

冯去疾

　　山东群盗大起,而上方治阿房宫。阿房者,阿亡也(想路奇)。君前以不直谏阿上意,谓爵禄可以永终,然今上数诮让君,君其危哉!

　　阿房命名,本不可解,而此特附会得妙,有裁云镂月之奇。(锡周)

西汉文

入关告谕

高祖（刘邦）

父老苦秦苛法久矣（轩轩而来），诽谤者族，耦语者弃市（举其盛者）。吾与诸侯约，先入关者王之，吾当王关中。与父老约法三章耳：杀人者死，伤人及盗抵罪（十字抵三章法）。余悉除去秦法，吏民皆安堵如故。凡吾所以来，为父兄除害，非有所侵暴，毋恐！且吾所以军灞上（转出还军意，文心周正），待诸侯至而定要束耳。

入关一诏，不独四百年帝业所基，实一代文章之祖。（唐荆川）

高视阔步，笼罩万千，能使拔山者丧魄。（锡周）

告为义帝发丧

高祖（刘邦）

天下共立义帝（响），北面事之。今项羽放杀义帝于江南，大逆无道。寡人亲为发丧（义旗），兵皆缟素。悉发关中兵（大有兴会），收三河士，南浮江汉以下，愿从诸侯王击楚之杀义帝者（笔力透纸笔）。

如雷如霆之笔。（陈明卿）

顺风而呼，声焰十倍。宝剑出尚方，雄色动九军，岂其是耶！（锡周）

恤民诏

文帝（刘恒）

方春和时，草木群生之物，皆有以自乐。而吾百姓，鳏寡孤独穷困之人，或阽于死亡，而莫之省忧。为民父母，将何如？其议所以振贷之。

只如一句，不解作一气读，恐非读书种子。平易近人极矣，偏觉高不可即，何也？妙悟者会须解得。（锡周）

却千里马诏

文帝（刘恒）

鸾旗在前，属车在后，吉行日五十里，师行三十里

(古甚，趣甚)，朕乘千里之马，独先安之？

着眼"千里"二字，极蕴藉风流。（锡周）

除肉刑诏

文帝（刘恒）

盖闻有虞氏之时，画衣冠异章服以为戮，而民弗犯（其故可思），何治之至也！今法有肉刑三，而奸不止，其咎安在？毋乃朕德之薄而教不明欤？吾甚自愧。故夫训道不纯而愚民陷焉。诗曰："恺悌君子，民之父母。"今人有过，教未施而刑已加焉，或欲改行为善而道亡繇至（体贴至此，令人感泣）。朕甚怜之。夫刑至断肢体、刻肌肤，终身不息，何其刑之痛而不德也（何等沉挚）！岂称为民父母之意哉？其除肉刑，有以易之。

不忍人之心，昭然呈露，几致刑措。宜哉！（锡周）

日食引咎诏

文帝（刘恒）

人主不德，天示之灾（直截痛快，觉桑林自责为烦），以戒不治。天下治乱，在朕一人。朕下不能治育群生，上以累三光之明（累字妙绝，隽绝）。其悉思朕之过失，匄以启告，及举贤良方正能直言极谏者，以匡朕之不逮。

引咎如此，如方蚀便吐，民皆仰之矣。（锡周）

令二千石修职诏

景帝（刘启）

雕文刻镂，伤农事者也；锦绣纂组，害女红者也。农事伤，则饥之本也；女红害，则寒之原也。夫饥寒并至而能亡为非者寡矣（跌宕）。朕亲耕，后亲桑，以奉宗庙粢盛祭服，为天下先。不受献，减太官，省繇赋，欲天下务农蚕，素有蓄积以备灾害。强毋攘弱，众毋暴寡，老耆以寿终，幼孤得遂长。今岁或不登，民食颇寡，其咎安在？或诈伪为吏，吏以货赂为市，渔夺百姓，侵牟万民。县丞，长吏也，奸法与盗盗（又跌宕），甚无谓也。其令二千石各修其职，不事官职耗乱者，丞相以闻，请其罪。布告天下，使明知朕意。

精峭处兼饶姿态，百读不厌。（锡周）

下州郡求贤诏

武帝（刘彻）

盖有非常之功，必待非常之人。故马或奔踶而致千里，士或有负俗之累而立功名。夫泛驾之马，跅弛之士，亦在御之而已（大局面）。其令州郡察吏民，举茂材异等可为将师及使绝国者。

武帝雄心露于"非常"二字。文、景用人，必求长者之意，至此索然矣。（钟伯敬）

相马于骊黄牝牡之外，固是九方皋遗法。（锡周）

定仪礼诏

武帝（刘彻）

盖受命而王，各有所由兴，殊路而同归，谓因民而作，追俗为制也。议者咸称太古，百姓何望（豪迈不羁）？汉亦一家之事，典法不传，谓子孙何？化隆者闳博，治浅者褊狭，可不勉与？

意甚逸，气甚岸，大有高祖风烈。（汤玉茗）
寥寥数语，而低昂有态，断续有情。川流岳峙，总非恒境。（锡周）

益小吏禄诏

宣帝（刘询）

吏不廉平则治道衰。今小吏皆勤事而奉（俸同）禄薄，欲无侵渔百姓，难矣。其益吏百石以下奉十五。

吏治民隐，洞若观火。（锡周）

议律令诏

元帝（刘奭）

夫法令者，所以抑暴扶弱，欲其难犯而易避也。今律令烦多而不约。自典文者不能分明，而欲罗元元之不逮，斯岂刑中之意哉！其议律令可蠲除轻减者条奏，唯在便安万姓而已（吃紧为人）。

极合刑期无刑之意，而意味深长，耐人讽咏。（锡周）

遗章邯书

陈余

白起为秦将，南征鄢郢，北坑马服，攻城略地，不可胜计，而竟赐死。蒙恬为秦将，北逐戎人，开榆中地数千里，竟斩阳周。何者？功多秦不能尽封（得情），因以法诛之。今将军为秦将三岁矣，所亡失以十万数，而诸侯并起，滋益多。彼赵高素谀日久，今事急，亦恐二世诛之，故欲以法诛将军以塞责，使人更代将军，以脱其祸。今将军居外久，多内隙，有功亦诛，无功亦诛（明目张胆）。且天之亡秦，无愚智皆知之。今将军内不能直谏，外为亡国将，孤特独立而欲常存，岂不哀哉！将军何不还兵与诸侯为从，约共攻秦，分王其地，南面称孤。此孰与身伏铁锧，妻子为僇乎？

胜鲁连遗燕将书。（锡周）

谏封淮南四子疏

贾谊

窃恐陛下接王淮南诸子（直起），曾不与如臣者孰（熟同）计之也。淮南王之悖逆亡道，天下孰不知其罪？陛下幸而赦迁之，自疾而死，天下孰以王死之不当？今奉尊罪人之子，适足以负谤于天下耳。此人少壮，岂能忘其父哉！白公胜所为父报仇者，大父与伯父、叔父也。白公为乱，非欲取国代主也，发忿快志，剡手以冲仇人之胸，固为俱靡而已（危言悚动，切中情事）。淮南虽小，黥布尝用之矣，汉存特幸耳！夫擅仇人足以危汉之资，于策不便（快甚，读之可疗郁结）。虽割而为四，四子一心也。予之众，积之财，此非有子胥、白公报于广都之中（说得怕人），即疑有专诸、荆轲起于两柱之间，所谓假贼兵为虎翼者也。愿陛下少留计（直收）。

汉文中无有更爽、更快于此者。他家竞采司马长卿《谏猎书》，吾不欲以彼易此。（锡周）

上武帝书

东方朔

臣朔少失父母,长养兄嫂,年十三学书,三冬文史足用。十五学剑术,十六学诗书,诵二十二万言。十九学孙吴兵法,战阵之具,钲鼓之教,亦诵二十二万言。凡臣朔固已诵四十四万言(总计一笔,若庄若戏),又常服子路之言(所服何语?含糊得妙)。臣朔年二十二,长九尺三寸(近于戏矣,然声光却极俊伟),目若悬珠,齿若编贝,勇若孟贲,捷若庆忌,廉若鲍叔,信若尾生,若此可以为天子大臣矣(便拟身都卿相,觉毛遂尚带秀才气)。臣朔昧死再拜以闻。

疏宕有奇气。(锡周)

遗公孙弘书

邹长倩

夫人无幽显，道在则尊。虽生刍之贱也，不能脱落君子（新声雅韵），故赠君生刍一束（先誉）。《诗》所谓：生刍一束，其人如玉。五丝为䌈，倍䌈为升，倍升为緎，倍緎为纪，倍纪为緵，倍緵为稯。此自少之多，自微至著也。士之立功勋、效名节，亦复如之。勿以小善不足修而不为也。故赠君素丝一稯（次勉）。扑满者，以土为器，以蓄钱具。其有入窍而无出窍，满则扑之。土，粗物也；钱，重货也。入而不出，积而不散，故扑之。士有聚敛而不能散者，将有扑满之败，可不诫欤？故赠君扑满一枚（次规）。山川阻修，加以风露（叙寒暄偏留在末幅，尽佳），次卿足下，勉作功名。窃在下风，以俟嘉誉。

闲雅中自带严栗处,可称雅人深致矣。(杨维斗)

韵幽色秀,使人之意也消。(锡周)

论治道疏

公孙弘

陛下有先圣之位，而无先圣之民；有先圣之民，而无先圣之吏（归重吏治，笔意挺拔）。是以势同而治异。先世之吏正，故其民笃。今世之吏邪，故其民薄。政弊而不行，令倦而不听。夫使邪吏行弊政（孙云：总得紧切），用倦令，治薄民，民不可得而化，此治之所以异也（缴一笔）。臣闻周公旦治天下，期年而变，三年而化，五年而定。唯陛下之所志（结法老）。

节短而味长，言简而意完。西京短幅中绝唱也。（锡周）

与相如书

卓文君

群华竞芳,五色凌素(竟是妒),琴尚在御,而新声代故。锦水有鸳,汉宫有木,彼木而亲,嗟世人之兮,瞀于淫而不悟。朱弦啮,明镜缺,朝露晞,芳时歇,白头吟,伤离别。努力加餐勿念妾。锦水汤汤,与君长决。

宜嗔宜喜春风面。(刘越石)
哀音缭乱,急管繁弦。(锡周)

请使匈奴书

终军

军无横草之功,得列宿卫,食禄五年。边境时有风尘之警,臣宜披坚执锐(可儿,可儿),当矢石,启前行,驽下不习金革之事。今闻将遣匈奴使者,臣愿尽精厉气,奉佐明使,画吉凶于单于之前。臣年少材下,孤于外官,不足以亢一方之任,窃不胜愤懑。

其雄在气,其奇在骨。后生读此讦为平淡者,决当痛与三十棒。(锡周)

与苏武书

李陵

子卿名声冠于图籍，分义光于二国，形影表于丹青，爵禄传于王室；家获无穷之宠，永明白于千载。夫行志志立，求仁得仁，虽遭困陀，死而后已（顿笔有致），将何恨哉！陵前提步卒五千，深入匈奴右地三千余里，虽身降名辱，下计其功，岂不足以免老母之命耶（此语殊可入耳）？嗟乎子卿，世事谬矣！功者福主，今为祸先，忠者义本，今为重患。是以彭蠡赴流，屈原沉身，子欲居九夷，此不由感怨之志耶？行矣子卿，恩若一体，分为二朝，悠悠永绝，何可为思（陵独何心，能不悲哉）！人殊俗异，死生断绝，何由复达。

彼此相形，愈增凄楚，较后重答书，差不失体。（锡周）

项羽本纪赞

司马迁

吾闻之周生曰：舜目盖重瞳子，又闻项羽亦重瞳子。羽岂其苗裔邪？何兴之暴也！夫秦失其政，陈涉首难，豪杰蜂起，相与并争，不可胜数。然羽非有尺寸，乘势起陇亩之中，三年遂将五诸侯灭秦，分裂天下而封王侯，政由羽出，号为霸王，位虽不终，近古以来未尝有也。及羽背关怀楚，放逐义帝而自立，怨王侯叛己，难矣。自矜功伐，奋其私智而不师古，谓霸王之业，欲以力征经营天下，五年卒亡其国。身死东城，尚不觉悟，而不自责，过矣。乃引"天亡我，非用兵之罪也"，岂不谬哉！

抑扬尽致，一种惋惜之情，呼之欲出。（锡周）

孔子世家赞

司马迁

《诗》有之："高山仰止，景行行止。"虽不能至，然心乡往之。余读孔氏书，想见其为人。适鲁，观仲尼庙堂、车服、礼器，诸生以时习礼其家，余只回留之，不能去云。天下君王至于贤人众矣，当时则荣，没则已焉。孔子布衣，传十余世，学者宗之。自天子王侯，中国言六艺者，折中于夫子，可谓至圣矣！

赞孔子一若想之不尽说之不尽也者，所谓观海难言也。（金圣叹）

荆公议史迁列孔子于世家为进退失据。今观其赞语，则固以仲尼之道为可以世天下矣。（锡周）

萧相国世家赞

司马迁

萧相国何，于秦时为刀笔吏，碌碌未有奇节。及汉兴，依日月之末光，何谨守管籥，因民之疾秦法，顺流与之更始。淮阴、黥布等皆以诛灭（衬），而何之勋烂焉。位冠群臣（扬），声施后世，与闳夭（分寸）、散宜生等争烈矣。

不满百字，包括一篇世家，而抑扬赞叹，邈然神远。（锡周）

伍子胥列传赞

司马迁

怨毒之于人甚矣哉！王者尚不能行之于臣下，况同列乎？向令伍子胥从奢俱死，何异蝼蚁？弃小义，雪大耻，令垂于后世，悲夫！方子胥窘于江上，道乞食，志岂尝须臾忘郢邪？故隐忍就功名，非烈丈夫孰能致此哉！白公如不自立为君者，其功谋亦不可胜道者哉！

隐忍就功名，是作全部《史记》宗旨。故反复言之。（锡周）

信陵君列传赞

司马迁

吾过大梁之墟,求问其所谓夷门(许多惊天动地事迹,独拈出"夷门"二字。妙笔,绝妙)。夷门者,城之东门也。天下诸公子,亦有喜士者矣,然信陵君之接岩穴隐者(长言之),不耻下交,有以也,名冠诸侯,不虚耳(嗟叹之)。高祖每过之,而令民奉祀不绝也(借证作结,余韵绕梁)。

三四笔内,诸法毕备,真古文中拱璧也。宜乎杜樊川饮食坐卧必与之俱。(锡周)

平原君虞卿列传赞

司马迁

平原君,翩翩浊世之佳公子也,然未观大体。鄙语曰"利令智昏",平原君贪冯亭邪说,使赵陷长平兵四十余万众,邯郸几亡。虞卿料事揣情,为赵画策,何其工也。及不忍魏齐,卒困于大梁。庸夫且知其不可,况贤人乎?然虞卿非穷愁,亦不能著书以自见于后世云。

长平之役,府狱平原,亦责备贤者之意。赞虞卿,忽然又说到穷愁著书,极似《国策》篇末论断。(锡周)

屈原贾生列传赞

司马迁

余读《离骚》《天问》《招魂》《哀郢》，悲其志（一层）。适长沙，观屈原所自沉渊，未尝不垂涕，想见其为人（两层）。及见贾生吊之（插入贾生，妙！若无此二层意，文章便枯索少味），又怪屈原以彼其材游诸侯，何国不容，而自令若是（三层）。读《鵩鸟赋》（四层），同死生，轻去就，又爽然自失矣（言尽意长）。

赞三问而长沙已该，合传文之最奇者。叙次顿跌都臻化境。（锡周）

蒙恬列传赞

司马迁

吾适北边,自直道归,行观蒙恬所为。秦筑长城亭障,堑山堙谷,通直道,固轻百姓力矣(闲中一击)。夫秦之初灭诸侯,天下之心未定,痍伤者未瘳,而恬为名将,不以此时强谏(侃侃正论),振百姓之急,养老存孤,务修众庶之和,而阿意兴功,此其兄弟遇诛,不亦宜乎!何乃罪地脉哉(没躲闪)?

太史公每有刺讥,不为深刻,自令人帖然心服。如此篇及《管晏列传赞》,皆独辟伟论。小儒见之,咸当咋舌。孟坚、蔚宗,妄思学步,过矣。(锡周)

谕渤海吏民

龚遂

农桑衣食之源，而农为尤重。太守至郡，民有带持刀剑而家无畜牧者，是带牛佩犊也（腐而妙）。其卖剑买牛，卖刀买犊，以副太守之望（恳切至此）！毋忽。

真率语，直令人感激泣下。当是千古第一风流太守。（锡周）

与朱邑荐士书

张敞

明主游心太古,广延茂士,此诚忠臣竭思之时也。直(同值)敞远守剧郡,驭于绳墨,胸臆约结,固无奇矣。虽有亦安所施(感慨)?足下以清明之德,掌周稷之业,犹饥者甘糟糠,穰岁余粱肉,何则?有无之势异也。昔陈平虽贤,须魏倩而后进;韩信虽奇,赖萧何而后信。故事各达其时之英俊。若必伊尹、吕望而后荐之,则此人不因足下而进矣(杨维斗云:劈尽藉口无材之辈)。

奇郁之思,凌厉之口。(陈明卿)

快吐以舒愤懑,后人上宰相书,无此胆气。(锡周)

移金马碧鸡文

王褒

持节使者敬移南崖金精神马,䌽䌽碧鸡,处南之荒,深溪回谷,非土之乡。归来,归来,汉德无疆(讽)!廉平唐虞,泽配三皇。黄龙见矣,白虎仁(渲染固佳,托意更妙)。归来,归来,可以为伦。归兮,翔兮,何事南荒也?

宣帝闻益州靖岭县山有碧鸡金马之神,可祭而获。因遣褒持节往求之,不经甚矣!篇中称述功德,言人主但当修德,不应崇信幻妄,又引黄龙白虎,隐隐讽帝复蹈武帝前辙。不必读《圣主得贤臣颂》,始解其寓意深远也。(锡周)

与友人书

贾捐之

大丈夫以凌云之气,而俯首书案之间。午夜一灯,辰窗万字,盖将学为有用之文,以歌太平,颂中兴(嗟乎,有志者当如此矣),否亦策治安,演丝纶耳。岂肯为此沾沾,徒作酸文耶!虚辱君命,戏笔横斜。

作家须如此自期待,方可谓不辱吾笔。虽然,文至今日,酸或变而为臭腐矣!奈何强天下有志之士攒眉掩鼻而读之?(锡周)

报元帝书

王嫱

臣妾幸得备身禁脔，谓身依日月，死有余芳，而失意丹青，远窜异域。诚得捐躯报主（得体），何敢自怜？惟惜国家黜陟，移于贱工，南望汉关，徒增怆结耳！有父有弟，惟陛下幸少怜之。

昭君远嫁文姬老，乃古来大缺陷事。然文姬胡可比昭君？（锡周）

奏罢郡国庙

韦玄成

臣闻祭非自外至者也,繇中出,生于心也(精当语,可补祭义)。故惟圣人为能飨帝,孝子为能飨亲。立庙京师之居,躬亲承事,四海之内,各以其职来助祭,尊亲之大义,五帝三王所共,不易之道也。《诗》云:"有来雍雍,至止肃肃,相维辟公,天子穆穆。"《春秋》之义,父不祭于支庶之宅(引据确切),君不祭于臣仆之家,王不祭于下土诸侯。臣等愚以为宗庙在郡国宜无修(结语劲),臣请勿复修。

皆名贵语,无注疏气。(锡周)

续卜筮列传

褚少孙

臣为郎时,与太卜待诏为郎者同署,言曰:孝武帝时,聚会占家问之:"某日可取妇乎?"五行家曰可,堪舆家曰不可,建除家曰不吉,丛辰家曰大凶,历家曰小凶,天人家曰小吉,太乙家曰大吉。辩讼不决,以状闻。制曰:避诸死忌,以五行为主(亦自有见,《洪范》稽疑原从五行中来),人取于五行者也。

两徒读此,一曰笔妙,一曰意妙,相持久之。予笑云:笔意俱妙。(锡周)

卫将军青传赞

褚少孙

　　平阳主寡居，当用列侯尚主。主与左右议长安中列侯可为夫者，皆言大将军可。主笑曰："此出我家，常使令骑从我出入耳，奈何用为夫乎（亦可不用否）？"左右侍御者曰："今大将军姊为皇后，三子为侯，富贵振动天下（感慨），主何以易之乎？"于是主乃许之。言之皇后，令白之武帝，乃诏卫将军尚平阳公主焉。褚先生曰：丈夫龙变（四字佳）。《传》曰："蛇化为龙，不变其文，家化为国，不变其姓。"丈夫当时富贵，百恶灭除，光耀荣华（奇情恣笔，令人浩叹）。贫贱之时，何足累之哉！

　　青云泥涂，感慨无限。赞语似激似嘲，读之破涕。（锡周）

敕掾功曹教

王尊

各自底厉，助太守为治。其不中用，趣自避退，毋久妨贤（先令人无处躲闪）。夫羽翮不修，则不可以致千里，阃内不理，亡以整外。府丞悉署吏行能，分别白之。贤为上，毋以富（一片冰心）。贾人百万，不足与计事。昔孔子治鲁，七日诛少正卯，今太守视事已一月矣，五月掾张辅，怀虎狼之心，贪污不轨，一郡之钱尽入辅家，然适足以葬矣（怕人语，文官爱钱，果为此否）。今将辅送狱，直符史诣阁下，从太守受其事。丞戒之戒之（更可骇），相随入狱矣。

风霜之语。千载下读之犹不寒而栗，况丰采在当日哉！（顾瑞屏）

文章令人喜，令人怒，令人哀，令人乐者，自来多有。若令人怕者惟此而已。（锡周）

论傅喜书

何武

喜行义修洁，忠诚忧国，内辅之臣也。今以寝病，一旦遣归，众庶失望，皆曰："傅氏贤子，以论议不合于定陶太后故退。"百僚莫不为国恨之。忠臣，社稷之卫（千锤百炼之句）。鲁以季友治乱，楚以子玉轻重，魏以无忌折冲，项以范增存亡。故楚跨有南土，带甲百万，邻国不以为难。子玉为将，则文公侧席而坐，及其死也，君臣相庆。百万之众，不如一贤，故秦行千金以间廉颇，汉散万金以疏亚父。喜立于朝（更不烦称），陛下之光辉，傅氏之废兴也。

风度端凝，溢为文章，故行间自有坚光。（锡周）

酒箴

扬雄

雄作《酒箴》以讽谏成帝。其文为酒客难法度士，譬之于物，曰："子犹瓶矣。观瓶之居，居井之湄（水边也），处高临深，动常近危，酒醪不入口，臧水满怀，不得左右，牵于纆徽。一旦叀碍，为甃所鞙（音绢，悬也。甃，井甓。鞙，击也），身提黄泉，骨肉为泥。自用如此，不如鸱夷（韦囊）。鸱夷滑稽，腹如大壶，尽日盛酒，人复借酤。常为国器，托于属车，出入两宫，经营公家。繇是言之，酒何过乎！"

箴也，几于劝矣，然故是讽体。（锡周）

东汉文

敕冯异

光武帝（刘秀）

三辅遭王莽、更始之乱，又遇赤眉、延岑之弊，兵家纵横，百姓涂炭。将军今奉辞讨诸不轨，兵家降者，遣其渠帅皆诣京师，散其小民令就农桑，坏其营壁（要着），无使复聚。征伐非在远战掠地，多得城邑，要在平定安集之耳（大哉王言）。吾诸将非不健斗，然多好虏掠，为小民害。卿本能简饬吏民，勉自修整，毋为郡县所苦。

善将将，亦善将兵。（锡周）

劳冯异诏

光武帝（刘秀）

赤眉破平，士吏劳苦，始虽垂翅回溪，终能奋翼渑池（垂翅、奋翼四字借用，甚趣），可谓"失之东隅，收之桑榆"。方论功赏，以答大勋。

只四十字，而丰美润泽，照耀千古。掺纵处俱有分寸，觉一字增减不得。（锡周）

劳耿弇诏

光武帝（刘秀）

昔韩信破历下以开基，今将军攻祝阿以发迹，此皆齐之西界（天然妙义），功足相方。而韩信袭击已降，将军独拔勍敌,其功又难于信也(推进一层)。又田横烹郦生,及田横降,高祖诏卫尉不听为仇。张步前亦杀伏隆,若步来归命,吾当诏大司徒释其怨,又事尤相类也(较量到底,局阵最奇)。将军前在南阳建此大策,常以为落落难合(恣意赞扬,语尤警拔),有志者事竟成也!

帝以马上得之,而文采秀发如许。是篇格调尤为特创,西京已来无此体制也。昌黎起八代之衰,亦只是不袭前人间架,每作一文,必别开生面耳。(锡周)

与江南守臣

光武帝(刘秀)

昔许由高箕颍之节,惟彼陶唐无相知之素耳。子陵,朕故人也,宜不吝一见。其令所在官司物色之,以悉朕意。

敬之至,爱之至,更有夸耀臣民之意,跃跃言表。(锡周)

与子陵书

光武帝（刘秀）

古大有为之君，必有不召之臣。朕何敢臣子陵哉（谦甚，然身份越高）！惟此鸿业，若涉春冰，辟之疮痏，须杖而行。若绮里不少高皇，奈何子陵少朕也（语妙天下）？箕山颍水之风，非朕之所敢望（丰姿绝世）。

接落转折，活虎生龙。两汉诏令，当以此为第一。有意作阔大语，最易失之廓落。此偏字字精悍，奇哉！曰"何敢"，恭敬得妙。曰"奈何"，埋怨得妙。曰"非所敢"，决绝得妙。搬运虚字，出神入化，不可思议。（锡周）

手诏东平王归国

明帝（刘庄）

　　辞别之后，独坐不乐，因就车归，伏轼而吟，瞻望永怀，实劳吾心（如读葩诗）。诵及《采菽》，以增叹息。日者问东平王处家何等最乐，王言为善最乐。其言甚大，副是要（同腰，想王状貌伟岸，故戏之）腹矣。今送列侯印十九枚，诸王子年五岁已上能趋拜者，皆令带之。

　　真有家人父子之乐，绝无尊贵气。（陈大樽）
　　一派天趣。（锡周）

申明科禁诏

明帝（刘庄）

昔曾、闵奉亲，竭欢致养，仲尼葬子，有棺无椁。丧贵致哀，礼存宁俭（极合称家有无之意）。今百姓送终之制，竞为奢靡，生者无担石之储，而财力尽于坟土，伏腊无糟糠，而牲牢兼于一奠。糜破积世之业，以供终朝之费，子孙饥寒，绝命于此，岂祖考之意哉（道书积弊，可以破愚）！又车服制度，恣极耳目，田荒不耕，游食者众。有司其申明科禁，宜于今者，宣下郡国。

粹然儒者之言，知其积学深矣。（锡周）

河内诏

章帝（刘炟）

车驾行秋稼，观收获，因涉郡界，皆精骑轻行，无它辎重。不得辄修桥道，远离城郭，遣使逢迎，刺探起居，出入前后，以为烦扰（"不得"二字直贯至此）。动务省约，但患不能脱粟瓢饮耳。所过欲令贫弱有利，无违诏书。

笔有冷趣，恍乎秋风之行草。（钟伯敬）

实从肺腑流出，并非纸上浮谈，却何尝一字不风流。（锡周）

敕三公诏

章帝（刘炟）

方春生养（大学问），万物莩甲，宜助萌阳，以育时物。其令有司，罪非殊死，且勿案验，及吏人条书相告，不得听受，冀以息事宁人，敬奉天气。立秋如故。夫俗吏矫饰外貌，似是而非，揆之人事则悦耳（诚然），论之阴阳则伤化，朕甚厌之，甚苦之。安静之吏，悃愊无华，日计不足，月计有余（议论精切，得未曾有）。如襄城令刘方，吏人同声谓之不烦，虽未有他异，斯亦殆近之矣。间敕二千石各尚宽明，而今富奸行赂于下，贪吏枉法于上，使有罪不论，而亡过被刑，甚大逆也。夫以苛为察，以刻为明，以轻为德，以重为威，四者或兴，则下有怨心（平平无奇，每读一过，觉纸上如有声响，何也）。吾诏书数下，冠盖接道，而吏不加理，人或失职，其咎安在？勉思旧令，称朕意焉。

读之如竹林谡谡。（陈明卿）

王言汗涣，直与小民家人妇子叮咛告戒语相似，而情致之缠绵，识见之精透，能令读者忘尽，听者忘疲，亦大怪事。（锡周）

赐东平王苍及琅琊王京书

章帝（刘炟）

中大夫奉使亲闻动静，嘉之何已。岁月骛过，山陵浸远，孤心凄怆，如何如何！间缮卫士于南宫，因阅视旧时衣物，闻于师曰：其物存，其人亡，不言哀而哀自至。信矣（宛转动人，后贤作情致语，总不出其范围）。惟王孝友之德，亦岂不然？今送光烈皇后假纻帛巾各一，及衣一箧，可时奉瞻，以慰凯风寒泉之思，又欲令后生子孙，得见先后衣服之制。今鲁国孔氏，尚有仲尼车舆冠履（忽用一衬，文情飞动），明德盛者，光灵远也。其光武皇帝器服，中元二年已赋诸国，故不复送。并遗宛马一匹，血从前髆上小孔中出。常闻武帝歌天马，沾赤汗（闲，妙），今亲见其然也。顷反虏尚屯，将帅在外，忧念遑遑，未有间宁。愿王宝精神，加供养。苦言至戒（圣主），望之如渴。

诏令中如此咳唾点缀，真千古绝唱也！（杨升庵）

秀媚如飞鸟依人。盖西京雄迈之气，至此而变为清丽矣。（锡周）

戒侯霸书

严光

君房足下：致位台鼎甚善。怀仁辅义天下悦，阿谀顺旨要领绝（不衫不履，徜徉自得）。

君子谓之善颂善祷。（锡周）

与彭宠书

朱浮

盖闻知者顺时而谋,愚者逆理而动,常窃悲京城大叔(便儁),以不知足而无贤辅,卒自弃于郑也。伯通以名字典郡,有佐命之功,临人亲职,爱惜仓库。而浮秉征伐之任,欲权时救急,二者皆为国耳。即疑浮相谮,何不诣阙自陈(驳得醒),而为族灭之计乎?朝廷之于伯通,恩亦厚矣,委以大郡,任以威武,事有柱石之寄,情同子孙之亲。匹夫媵母,尚能致命一餐,岂有身带三绶,职典大邦,而不顾恩义,生心外畔者乎?伯通与吏民语,何以为颜?行步拜起,何以为容?坐卧念之,何以为心?引镜窥影,何施眉目?举措建功,何以为人?惜乎!弃休令之嘉名,造枭鸱之逆谋,捐传世之庆祚,招破败之重灾。高论尧舜之道,不忍桀纣之性,生为世笑,死为愚鬼,不亦哀乎!伯通与耿侠游,俱起佐命,同被国恩。侠游廉让，屡有降挹之言，而伯通自伐以为功高天下。往时辽东有豕，生子白头，异而献之，行至河东，见群豕皆白，怀惭而还（谓之嬉笑可，谓之怒骂可）。若以子之功论于朝廷，则为辽东豕也。今乃愚妄自比六国，六国之时，其势各盛，廓土数千里，胜兵将百万，故能据国相持，多历年世。今天下几里，列郡几城（刻意诙谐，何其便于手而捷于口也），奈何以区区渔阳而结怨天子？此犹河滨之人，捧土以塞孟津，多见其不知量也！方今天下适定，海内愿安，士无贤不肖，皆乐立名于世，而伯通独中风狂走，自捐盛时，内听骄妇之失计，外信谗邪之谀言，长为群后恶法，永为功臣鉴戒，岂不误哉！定海内者无私仇，勿以前事自误。愿留意顾老母幼弟，凡举事无为亲厚者所痛（更恶），而为见仇者所快。

用意极深刻，而运笔极轻逸。西京浑厚之气，被此文汩没尽矣。（锡周）

诫兄子书

马援

吾欲汝曹闻人过失,如闻父母之名(奇喻。谨言妙诀),耳可得闻,口不可得言也。如论议人长短,妄是非正法,此吾所大恶也,宁死不愿闻子孙有此行也。汝曹知吾恶之甚矣,所以复言者,施衿结缡,申父母之戒,欲使汝曹不忘之耳(何等肫恳)。龙伯高敦厚周慎,口无择言,谦约节俭,廉公有威。吾爱之重之,愿汝曹效之。杜季良豪侠好义,忧人之忧,乐人之乐,清浊无所失,父丧致客,数郡毕至。吾爱之重之,不愿汝曹效也。效伯高不得,犹为谨敕之士,所谓刻鹄不成尚类鹜者也。效季良不得,陷为天下轻薄子,所谓画虎不成反类狗者也(极意痛诋)。迄今季良尚未可知,郡将下车辄切齿,州郡以为言,吾常为寒心,是以不愿子孙效也(结出本义)。

轻则品低，薄则福浅。世之为轻薄子者，不自知其类狗耳。（锡周）

与官属

马援

吾从弟少游，尝哀吾慷慨多大志，曰："士生一世，但取衣食裁足，乘下泽车，御款段马，为郡掾吏，守坟墓（只是借作话头，固非伏波所愿闻也），乡里称善人，斯可矣。致求盈余，但自苦耳。"当吾在浪泊、西里间，虏未灭之时，下潦上雾，毒气熏蒸，仰视飞鸢跕跕堕水中（情景逼真），卧念少游平生时语（极激昂感慨之致），何可得也！今赖士大夫之力，被蒙大恩，猥先诸君纡佩金紫，且喜且惭。

云台诸将，不登文渊，近者以为恨。观此一段风致，正不劳绘画而掩映无穷。（孙月峰）

英雄自鸣得意，矍铄哉是翁！（锡周）

乞归疏

班超

臣闻太公封齐，五世葬周，狐死首丘，代马依风。夫周、齐同在中土千里之间，况于远处绝域，小臣能无依风首丘之思哉！蛮夷之俗，畏壮侮老。臣超犬马齿歼，常恐年衰，奄忽僵仆，孤魂弃捐。昔苏武留匈奴中尚十九年，今臣幸得奉节，带金银，护西域，如自以寿终屯部，诚无所恨，然恐后世或名臣为没西域。臣不敢望到酒泉郡，但愿生入玉门关（如读古乐府，令人堕泪）。臣老病衰困，冒死瞽言，谨遣子勇随献物入塞。及臣生在，令勇目见中土（清夜猿啼）。

透辟如利镞穿骨，凛冽似惊沙入面。（锡周）

自讼书

孔僖

臣之愚意,以为诽谤者,谓实无此事而虚加诬之也。至如孝武皇帝,政之美恶,显在汉史,坦如日月。是为直说书传实事(妙),非虚谤也。夫帝者为善,则天下之善咸归焉;其不善,则天下之恶亦萃焉。斯皆有以致之,故不可以诛于人也。且陛下即位以来,政教未过,而德泽有加,天下所具也,臣等独何讥刺哉!假使所非实是,则固应悛改(侃侃正论,不避汤镬);倘其不当,亦宜含容,又何罪焉?陛下不推原大数,深自为计,徒肆私忿,以快己意。臣等受戮,死即死耳,顾天下之人,必回视易虑,以此事窥陛下心。自今以后,苟见不可之事,终莫复言者矣(虑得是)。臣之所以不爱其死,犹敢极言者,诚为陛下深惜此大业。陛下若不自惜,则臣何赖焉!齐桓公亲扬其先君之恶以唱管仲,然后群臣得尽其心。

今陛下乃欲以十世之武帝远讳实事（甚无谓也），岂不与桓公异哉？臣恐有司卒然见构，衔恨蒙枉，不得自叙，使后世论者，擅以陛下有所方比（文笔曲折，文心细腻，八面俱到），宁可复使子孙追掩之乎？谨诣阙伏待重诛。

　　绝不抵赖。偏于他人开不得口处，反复辩论，文之避易而就难者。（锡周）

请复刺史奏事疏

张酺

臣闻王者法天，荧惑奏事太微（援据奇警），故州牧刺史入奏事，所以通下问，知外事也。数十年以来，重其道归烦挠，故时止勿奏事，今因以为故事。臣愚以为刺史视事岁满，可令奏事如旧典。《韩诗外传》曰："王者必立牧，方三人，所以使窥远牧众也（刺史奏事故事，只引《韩诗外传》叙去，化板为活）。远方之民，有饥寒而不得衣食，狱讼而冤失职，贤而不举者，入告天子。天子于其君之朝也，揖而进之曰：'噫！朕之政教有不得尔者邪？如何乃有饥寒而不得衣食，狱讼而冤失职，贤而不举？'然后其君退而与其卿大夫谋之。远方之民闻皆曰（心细如牛毛茧丝）：'诚天子也！夫我居之僻，见我之近也，我居之幽，见我之明也。可欺乎哉！'故牧者，所以明四目，通四聪。"

极华赡而无点尘。(王淑士)

典雅是汉文本色,一种委曲之致,纡回之态,则别调自弹矣。(锡周)

被劾自讼书

虞诩

　　法禁者，俗之堤防，刑罚者，人之衔辔（禹金云：衰世自不可少）。今州曰任郡，郡曰任县，更相委远。百姓怨穷，以苟容为贤，尽节为愚。臣所发举，臧罪非一。二府恐为臣所奏，遂加诬罪。臣将从史鱼死，即以尸谏耳。

　　千载下读之犹有生气。（锡周）

立后疏

胡广

窃见诏书，以立后事大，谦不自专，欲假之筹策，决疑灵神，篇籍所记，祖宗典故，未尝有也。恃神任筮，既不必当贤，就值其人，犹非德选。夫岐嶷形于自然（真实了义），倪天必有异表，宜参良家，简求有德，德同以年，年均以貌，稽之典经，断之圣虑。政令犹汗，往而不返，诏文一下，形之四方。臣职在拾遗，忧深责重，是以焦心，冒昧陈闻。

选言树义，妙有汁浆。（锡周）

遗黄琼书

李固

常闻语曰："峣峣者易缺,皦皦者易污。《阳春》之曲,和者必寡,盛名之下,其实难副(最确)。"近鲁阳樊君,被征初至,朝廷设坛席,犹待神明。虽无大异,而言行所守,亦无所缺。而毁谤布流,应时折减者,岂非观听望深,声名太盛乎?自顷征聘之士胡元安、薛孟尝、朱仲昭、顾季鸿等,其功业皆无所采,是故俗论皆言处士纯盗虚声。愿先生弘此远谟,令众人叹服,一雪此言耳。

爱黄故规黄,不似他人但解标榜也。(锡周)

与弟圄书

李固

固年五十七,鬓发已白,所谓容身而游,满腹而去,周观天下,但未见益州耳。昔严夫子尝言:"经有五,涉其四,州有九,游其八(胸次眼界,自不寻常)。"欲类此子矣。

不作一凡语。(锡周)

遗矫慎书

吴苍

仲彦足下：勤处隐约，虽乘云行泥（叙寒暄殊别），栖宿不同，每有西风，何尝不叹！盖闻黄老之言，乘虚入冥，藏身远遁，亦有理国养人，施于有政。至如登山绝迹，神不著其证，人不睹其验。吾欲先生从其可者，于意何如（只作商量语，好）？昔伊尹不怀道以待尧舜之君，方今明明，四海开辟，巢、许无为箕山（簇簇生新），夷、齐悔入首阳。足下审能骑龙弄凤，翔嬉云间者，亦非狐兔燕雀所敢谋也（超甚）。

篇中引用黄老家言，及乘龙弄凤等语，仲彦大约陶隐居、陈图南一流人。作者只通盘打算，不乔作主张。盖一片野心，白云留住，固非纡紫拖青辈所能劝驾也。此君言语妙天下，自是风尘外物。魏晋流为清谈，色香俱减，不耐吟赏矣。（锡周）

重答夫秦嘉书

徐淑

既惠音令，兼赐诸物，厚顾殷勤，出于非望。镜有文采之丽，钗有殊异之观，芳香既珍，素琴益好。惠异物于鄙陋，割所珍以相赐，非丰恩之厚，孰肯若斯？览镜执钗，情相仿佛，操琴咏诗，思心成结。敕以芳香馥身，喻以明镜鉴形，此言过矣，未获我心也。昔诗人有飞蓬之感，班婕妤有谁荣之叹，素琴之作，当须君归，明镜之鉴，当待君还。未奉光仪，则宝钗不列也（幽闲中有激烈之致）；未侍帷帐，则芳香不发也。

钗、镜、琴、香，安放熨帖，是闺阁中极细心文字。前书言情，故旖旎，此书言志，故洁清。嫌前书语无伦次，作法稍欠老成，竟汰之。（锡周）

女训

蔡邕

心犹首面也（儿曹能解），是以甚致饰焉。面一旦不修，则尘垢秽之；心一朝不思善，则邪恶入之。咸知饰其面，不修其心，惑矣。夫面之不饰，愚者谓之丑，心之不修，贤者谓之恶。愚者谓之丑犹可，贤者谓之恶，将何容焉？故览照拭面则思其心之洁也；傅脂则思其心之和也；加粉则思其心之鲜也；泽发则思其心之润也；用栉则思其心之理也；立髻则思其心之正也；摄鬓则思其心之整也（芬芳袭人）。

讲明理学，却确是训诫闺秀，化腐为奇。（锡周）

答诘

王充

　　王充闭门著书。或诘其学无所本。曰："母骊犊骍，无害牺牲，祖浊裔清，不榜奇人。鲧恶而禹圣，瞍顽而舜神。"或诘其书诡于俗。曰："《雅》歌于郑为人悲，礼舞于赵为人鄙。"或咎其学非醇美。曰："美实者不饰华，调行者不饰辞。丰草多落英，茂林多枯肄。"或诘其辞不类古。曰："美色不同面，皆佳于目，悲音不共响，皆穆于耳。舜眉何必复八其采？禹目何必再重其瞳？"或诘其所著之书过多。曰："河水沛沛，比夫众川，孰者为大？虫茧叠叠，称其出丝，孰者为多？"或诘其云何为而不仕。曰："愿与宪共庐，不慕与赐同衡，乐与夷共侣，不贪与跖并趋。"或诘其著书与立功孰愈。曰："齐论、鲁论而外，天何言哉！周士、秦士自分，民之质矣。"

王充《论衡》极为伯喈所珍。今录其《答诘》一首，奇情异采，略见一斑。（锡周）

与申屠蟠书

黄忠

大将军(何进)幕府初开,征辟海内,并延英俊,虽有高名盛德,不获异遇。至如先生,特加殊礼,优而不名,设几杖之坐,引领东望,日夜以冀。弥秋历冬,经迈二载,深拒以疾,无惠然之顾。重令爱(同袁)中郎晓畅殷勤,至于再三,而先生抗志弥高,所执益固。将军于是怃然失望而有愧色(情致斐叠),自以德薄,深用咎悔。仆窃论之,先生高则有余,智则不足(亦有见)。当今西戎作乱,师旅在外,军国异容,动有刑宪。今颍川荀爽,舆病在道,北郡郑玄,北面受署,彼岂乐羁牵者哉(跌宕多姿)!知时不可佚豫也。且昔人之隐,虽遭其时,犹放声绝迹,巢栖茹薇。其不遇也,则裸身大笑,被发狂歌。今先生处平壤,游人间,吟典籍,袭衣裳,行与昔人谬,而欲蹈其迹,拟其事,不亦难乎?

仆愿先生优游俯仰,贵处可否之间,孔氏可师,何必首阳（名论）?备托臭味,庶同休戚。是以假飞书以喻左右。

贤人骈首就戮之余,驰书招隐,大难措辞,偏说得委婉有态,曲折有味,岂非词令能品?（锡周）

与曹操论盛孝章书

孔融

岁月不居,时节如流。五十之年,忽焉已至,公为始满,融又过二。海内知识,零落殆尽,惟有会稽盛孝章尚存。其人困于孙氏,妻孥湮没,单子独立,孤危愁苦。若使忧能伤人,此子不得复永年矣(声泪俱下)。《春秋传》曰:"诸侯有相灭亡者,桓公不能救,则桓公耻之。"今孝章实丈夫之雄也,天下谈士依以扬声,而身不免于幽执,命不期于旦夕,是吾祖不当复论损益之友,而朱穆所以绝交也。公诚能驰一介之使,加咫尺之书,则孝章可致,友道可弘矣。今之少年,喜谤前辈,或能讥评孝章。孝章要为有天下大名,九牧之人所共称叹。燕君市骏马之骨,非欲以骋道里,乃当以招绝足也(濯濯如杨柳,鲜妍可爱)。惟公匡复汉室,宗社将绝,又能正之。正之之术,实须得贤。珠玉无胫而自至者,以人好之也，况贤者之有足乎？昭王筑台以尊郭隗，隗虽小才而逢大遇，竟能发明主之至心，故乐毅自魏往，剧辛自赵往，邹衍自齐往。向使郭隗倒悬而王不解，临溺而王不拯，则士亦将高翔远引（反复尽致），莫有北首燕路者矣。凡所称引，自公所知，而复有云者，欲公崇笃斯义也。因表不悉。

国色天香，超然拔俗，有余妍，无点尘也。（锡周）

论酒禁书

孔融

昨承训答，陈二代之祸，及众人之败，以酒亡者，实如来诲。虽然，徐偃王行仁义而亡，今令不绝仁义；燕哙以让失社稷，今令不禁谦退；鲁因儒而损，今令不弃文学；夏商亦以妇人失天下，今令不断婚姻，而将酒独急者，疑但惜谷耳，非以亡王为戒也。

北海尝云:"座上客常满,尊中酒不空。吾始无忧矣。"闻此厉禁,固应着忙。其趣在谐谑,其奇在放诞,比前书较胜。(锡周)

吊张衡辞

祢衡

南岳有精,君诞其姿,清和有理,君达其机,故能下笔绣辞,扬手文飞。昔伊尹值汤,吕望遇旦,嗟矣君生,而独值汉。苍蝇争飞,凤凰已散(锦囊佳句,不可多得),元龟可羁,神龙可绊。石坚而朽,星华而灭,惟道兴隆,悠永靡绝。君音永浮(卓荦为杰),君声永流,余生虽后,身亦存游。士贵知己,君其勿忧。

"苍蝇争飞,凤凰已散",绝妙好辞也!胜"黄钟毁弃,瓦釜雷鸣"句多矣。微吟一过,觉庾、鲍逊其神韵。(锡周)

三国文

恤将士令

曹操

吾起义兵，为天下除暴乱。旧土人民，死丧略尽，国中终日行，不见所识，使吾凄怆伤怀。其举义兵以来，将士绝无后者，求其亲戚以后之，授土田，官给耕牛，置学师以教之。为存者立庙，使祀其先人。魂而有灵，吾百年之后何恨哉！

细玩结语，阿瞒毕竟怕死。卖履分香，有自来矣。（锡周）

临终遗表

诸葛亮

伏念臣赋性拙直,遭时艰难,兴师北伐,未获全功,何期病在膏肓,命垂旦夕。伏愿陛下清心寡欲,约己爱民,达孝道于先君,存仁心于寰宇,提拔隐逸以进贤良,屏黜奸谗以厚风俗。臣家成都有桑八百株,薄田十五顷,子孙衣食,自有余饶。臣身在外,别无调度,随时衣食,悉仰于官,不别治生以长尺寸。臣死之日,不使内有余帛,外有盈财,以负陛下也。

死而后已之言验矣。其人虽没,其文犹当掷地作金石声也。(锡周)

答曹公书

关羽

明公布大义于天下,而速取自树,非某之所敢知。君犹是汉也,羽敢不臣汉哉(大义凛凛。阿瞒胆落矣)?敢拜嘉命之辱。

只此已足千古。(锡周)

谏伐孙权疏

赵云

国贼是曹操(一语破的),非孙权也,且先灭魏,则吴自服(更有定算)。操身虽毙,子丕篡盗,当因众心,早图关中,居河、渭上流以讨凶逆,关东义士,必裹粮策马以迎王师。不应置魏,先与吴战。兵势一交,不得卒解也(先见)。

是非成败,了了分明。起句可诛奸雄于既死,读之便欲满饮一斗。(锡周)

鸧鹒集灵芝池诏

魏主丕

此诗人所谓污泽也。《曹诗》刺恭公远君子而近小人,今岂有贤智之士处于下位者乎?否则斯鸟何为而至?其博举天下隽德茂才,以答曹人之刺。

秀色可餐。(锡周)

遗令戒子

郝昭

吾为将，知将不可为也（确）。吾数发冢，取其木以为攻战具，又知厚葬无益于死者也（确），汝必敛以时服。且人生有处所耳，死复何在耶？今去本墓远，东西南北，在汝而已。

解作此语，定是光风霁月一流，具见真力量、真学问。（锡周）

与弟书

虞翻

长子容当为求妇,其夫如此(涉笔成趣),谁肯嫁之者!远求小姓,足使生子(有此卓识,远胜孙兴公用诈),天其福人,不在旧族。扬雄之才,非出孔氏之门。芝草无根,醴泉无源。家圣受禅,父顽母嚚。虞世家法,反出痴子。

结引虞世家法,的系翻作,假借不得。一本刻山涛,疑误。(锡周)

与所亲书

张裔

近者涉道，昼夜接宾（诸葛亮驻汉中，裔领留府长史），不得宁息。人自敬丞相长史，男子张君嗣（裔字）附之，疲倦欲死。

透快之论，非诙谐也。热闹场中，作如是观。（锡周）

上许芝事

高堂隆

太史许芝,远不度于古,近不仪于今,每祭与吏争肉,自取百斤,犹恨其少也。

较之过屠门而大嚼者,毕竟此公得计。(锡周)

上言积粟

邓艾

国之所急,惟农与战,国富则兵强,兵强则战胜。然农者,胜之本也。孔子曰"足食足兵",食在兵前也。上无设爵之劝,则下无财畜之功。今使考绩之赏,在于积粟富民,则交游之路绝,浮华之原塞矣。

(评缺。)

六朝文

答桓温诏

简文帝（司马昱）

若晋室灵长，明公便宜奉行此诏。如大运去矣，请避贤路。

不斧钺而股栗，非冰霜而胆寒，愈玩愈奇。（锡周）

白起降赵卒论

何晏

白起之降赵卒，诈而坑其四十万，岂徒酷暴之谓乎？后亦难以重得志矣（一篇定案）。向使众人皆豫知降之必死，则张空拳犹可畏也，况于四十万被坚执锐哉！天下见降秦之将头颅似山，归秦之众骸积成丘，则后日之战，死当死耳，何众肯服，何城肯下乎？是为虽能裁四十万之命，而适足以强天下之战，欲以要一朝之功而乃更坚诸侯之守。故兵进而自伐其势，军胜而还丧其计。何者？设使赵众复合，马服更生，则后日之战必非前日之对也，况今皆使天下为后日乎？其所以终不敢复加兵于邯郸者，非但忧平原君之补袒，患诸侯之救至也（窥破底里），徒讳之而不言耳。若不悟而不讳，则毋所以远智也。可谓善战而拙胜。长平之事，秦民之十五以上者皆荷戟而向赵矣，秦王又亲自赐民爵于河内。夫以秦之强，而十五以上死伤过半者,此为破赵之功少,伤秦之败大,又何以称奇哉!

　　律以酷暴,人云亦云也。篇首便将此意撇开,而言皆破的,语必惊人。至谓胜赵之后,武安亦以杀降自讳,尤为诛心之论。(锡周)

与弟书

羊祜

既定戎事,便当角巾东路,归故里,为容棺之墟。以白士而居重位,何能不以盛满受责乎!疏广是吾师也(能自得师)。

丰姿潇洒,鹤舞蹁跹。(锡周)

酒德颂

刘伶

有大人先生,以天地为一朝,万期为须臾,日月为扃牖,八荒为庭衢。行无辙迹,居无室庐,幕天席地,纵意所如。止则操卮执觚,动则挈榼提壶,唯酒是务,焉知其余!有贵介公子,搢绅处士,闻吾风声,议其所以,乃奋袂攘襟,怒目切齿(亦复来败人意),陈说礼法,是非蜂起。先生于是方捧罂承槽,衔杯漱醪。奋髯箕踞,枕曲藉糟,无思无虑,其乐陶陶。兀然而醉,豁尔而醒(八字天造地设)。静听不闻雷霆之声,熟视不睹泰山之形,不觉寒暑之切肌,利欲之感情。俯观万物,扰扰焉如江汉之载浮萍(醉乡妙境);二豪侍侧焉,如蜾蠃之与螟蛉(随手销缴)。

真阔大、真风流,拂落俗尘三斗许矣。不识酒中趣,不能道只字也。(锡周)

钱神论

鲁褒

昔神农氏没，黄帝、尧、舜教民农桑，以币帛为本。上智先觉变通之，乃掘铜山，俯视仰观，铸而为钱，故使内方象地，外圆象天。钱之为体，有乾有坤，其积如山，其流如川，动静有时，行藏有节。市井便易，不患耗折，难朽象寿，不匮象道。故能长久，为世神宝。亲爱如兄，字曰孔方，失之则贫弱，得之则富强。无翼而飞，无足而走，解严毅之颜，开难发之口（嬉笑甚于怒骂），钱多者处前，钱少者居后。《诗》云："哿矣富人。哀哉茕独。"岂是之谓乎？钱之为言泉也，百姓日用，其源不匮，无远不往，无深不致。京邑衣冠，疲劳讲肆，厌闻清谈，对之睡寐（善戏谑不为虐），见我家兄，莫不惊视。钱之所祐，吉无不利。何必读书，然后富贵？由是论之，可谓神物。无位而尊，无势而热。排朱门，入紫闼,钱之所在,危可使安,死可使活(俗谓之买命钱)。钱之所去,贵可使贱,生可使杀。是故忿争辩讼,非钱不胜,孤弱幽滞,非钱不拔,怨仇嫌恨,非钱不解(感慨淋漓,真堪破涕),令闻笑谈,非钱不发。谚云:"钱无耳,可暗使。"岂虚也哉!

武穆以"不惜死""不爱钱"并举,犹为中人以上说法。看来不惜死难,不爱钱更难。自古以身殉财之辈,宁捐生,不捐赀也。(锡周)

吊孟尝君文

潘岳

人罔贵贱，士无真伪，延入如归，望宾若企（只此是田文倾动千古处）。出握秦机，入专齐政，右盻而嬴强，左顾而田竞。且以造化为水，天地为舟，乐则齐喜，哀则同忧（先扬）。岂区区之国而大邦是谋，琐琐之身而名利是求，畏首畏尾，东奔西囚，志挠于木偶，命悬于狐裘？

觑着空隙，予夺在手。自令田文心死。荆公《读孟尝君传》，便不能出其范围。（锡周）

上愍帝请北伐表

刘琨

形留所在，神驰寇庭。秋谷既登，胡马已肥，前锋诸军，并有至者。臣当前启戎行，身先士卒，臣与二虏势不并立，聪、勒不枭，臣无归志。庶凭陛下威灵，使微意获展，然后陨首谢国，没而无恨。

识胆俱豪，固不使祖生先着鞭也。（锡周）

与从弟孝征书

钮滔母孙氏琼

省尔讥我以养鹄（鹄鹅古同），乃戒以卫懿灭毙之祸，斯言惑矣，吾未之取。彼卫懿之好，民无役车之载，鹄有乘轩之饰，祸败之由，由乎失所。若乃开囿匹于灵囿，沃池矩乎神沼，文鱼跃于白水，素鸟翔乎神州，岂非周文之德，大雅所修哉？夫嘉肴旨酒，非不美也（跳笔），夏禹盛以陶豆，殷纣贮以玉杯，而此圣以兴，彼愚以灭。盖置之失所，如其无失，灾难可施乎？

作文须解跳笔，便如生龙活虎。不然恐只在死水里浸着。（锡周）

与庾安西书

王胡之

此间万顷江湖,挠之不浊,澄之不清。而百姓投一纶、下一筌,皆夺其渔具,不输十匹,皆不得放。不知漆园吏何得持竿不顾,渔父何得鼓枻而歌《沧浪》也。

关市有征,渔盐有税,归公帑者什一,充私橐者什九,吏笑而民暗泣,民哀而吏方怒,乃秦汉以来极不平事。《书巢小史》载桑弘羊梦与白起同变为猪,为计臣者不可不戒。(锡周)

桃花源记

陶潜

晋太元中,武陵人捕鱼为业。缘溪行,忘路之远近(写出忘机妙境)。忽逢桃花林,夹岸数百步,中无杂树,芳草鲜美,落英缤纷。渔人甚异之,复前行,欲穷其林(兴复不减)。林尽水源,便得一山,山有小口,仿佛若有光。便舍船从口入。初极狭,才通人,复行数十步,豁然开朗。土地平旷,屋舍俨然,有良田美池桑竹之属,阡陌交通,鸡犬相闻。其中往来种作,男女衣着,悉如外人。黄发垂髫,并怡然自乐。见渔人,乃大惊,问所从来,具答之。便要还家,设酒杀鸡作食,村中闻有此人,咸来问讯。自云先世避秦时乱(着眼在此),率妻子邑人来此绝境,不复出焉,遂与外人间隔。问今是何世,乃不知有汉,无论魏晋。此人一一为具言所闻,皆叹惋。余人各复延至其家,皆出酒食。停数日,辞去,此中人语云："不足为外人道也（睥睨一切）！"既出，得其船，便扶向路，处处志之。及郡下，诣太守，说如此。太守即遣人随其往，寻向所志，遂迷不复得路。南阳刘子骥，高尚士也，闻之欣然规往，未果（须知此乃文章出路），寻病终。后遂无问津者。

此元亮先生粲花妙论也，认真不得。玩中间避秦乱等语，悲愤襟怀，不觉流露。（锡周）

五柳先生传

陶潜

先生不知何许人也（此种起法，岂魏晋人所有），亦不详其姓氏，宅边有五柳树，因以为号焉。闲静少言，不慕荣利，好读书，不求甚解，每有会意，便欣然忘食。性嗜酒，家贫不能常得，亲旧知其如此，或置酒而招之。造饮辄尽，期在必醉，既醉而退，曾不吝情去留。环堵萧然，不蔽风日，短褐穿结，箪瓢屡空，晏如也。常著文章自娱，颇示己志。忘怀得失，以此自终（竟住高绝）。赞曰：黔娄有言："不戚戚于贫贱，不汲汲于富贵。"其言兹若人之俦乎？衔觞赋诗，以乐其志，无怀氏之民欤？葛天氏之民欤（山在虚无缥缈间）？

不衫不履中极潇洒风流。（锡周）

答索靖书

张天锡

吾非好行,行有得也。观朝荣(槿花),则敬才秀之士;玩芝兰,则爱德行之臣;睹孤松,则思贞操之贤;临清流,则贵廉洁之行;览蔓草,则贱贪污之吏;逢飓风,则恶凶狡之徒。若引而伸之,无遗漏矣。

比物连类,风人之遗。(锡周)

耿恭传赞

范晔

余初读《苏武传》,感其茹毛穷海,不为大汉羞。后览耿恭疏勒之事,喟然不觉涕之无从。嗟哉!义重于生,以至是乎?昔曹子抗质于柯盟,相如申威于河表,盖以决一旦之负,异乎百死之地也。以为二汉当疏高爵,宥十世,而苏君恩不及嗣,恭亦终填牢户。追诵龙蛇之章,以为叹息(有遗音者矣)。

沉郁顿挫,余韵飞扬,史家传赞,班固力追龙门而不能,此何其曲肖也。(锡周)

修竹弹甘蕉文

沈约

长兼淇园贞干臣修竹稽首：臣闻芟夷蕴崇，农夫之善法，无使滋蔓，剪恶之良图。未有蠹苗害稼，不加穷伐者也。切寻姑苏台前甘蕉一丛，宿渐云露，荏苒岁月，擢本盈寻，垂荫含丈。阶缘宠渥，铨衡百卉。而予夺乖爽，高下在心，每叨天功以为己力。风闻籍听，非复一涂，犹谓爱憎异说，所以挂乎严网。今月某日，有台西阶泽兰、萱草，到园同诉，自称虽渐杞梓，颇异蒿蓬，阳景所临，由来无隔。今月某日，巫岫敛云，秦楼开照，乾光弘普，罔幽不瞩。而甘蕉攒茎布影，独见障蔽。虽处台隅，遂同幽谷。臣谓偏辞难信，敢察以情，登摄甘蕉左近杜若、江篱，依原辨释，两草各处，异列同款。既有证据，羌非风闻。切寻甘蕉出自药草，本无芳馥之香、柯条之任，非有松柏后凋之心，盖阙葵藿倾阳之识。

凭借庆会，稽绝伦等，而得人之誉靡即，称平之声寂寞，遂使言树之草，忘忧之用莫施，无绝之芳，当门之弊斯在。妨贤败政，孰过于此？而不除戮，宪章安用？请以见事徙根剪叶，斥出台外，庶惩彼将来，谢此众屈。

不甚着意，故流利可喜。六朝文此种绝少，大约有意求工，反增丑拙耳！（锡周）

袁友人传

江淹

友人袁炳,字叔明,陈郡阳夏人。其人天下之士(一语千钧),幼有异才,学亡不览。文章倜傥清淡出一时。任心观书,不为章句之学,其笃行则信义惠和,意馨如也。常念荫松柏,咏诗书,志气跌宕,不与俗人交。俛眉暂仕,历国常侍员外郎、府功曹、临湘令,粟之入者,悉散以赡亲,其为节也如此,数百年来有此人焉?至乃好妙赏文,独绝于世也。又撰《晋史》,奇功未遂,不幸卒官,春秋二十有八,与余有青云之交,非直衔杯酒而已。嗟乎!斯才也,斯命也,天之报施善人何如哉,何如哉(马迁遗音)!

笔意清淡,矫矫拔俗。(锡周)

答谢中书书

陶弘景

　　山川之美,古来共谈。高峰入云,清流见底,两岸石壁,五色交辉,青林翠竹,四时俱备。晓雾将歇,猿鸟乱鸣,夕日欲颓,沉鳞竞跃。实是欲界之仙都,自康乐以来,未复有能与其奇者。

　　髯苏《与毛维瞻》柬云:"岁行尽矣,风雨凄然。纸窗竹屋,灯火青荧。时于此间得少佳趣,无由持献,独享为愧。"吾以移赠此文。(锡周)

与兄子秀书

陈暄

旦见汝书与孝典,陈吾饮酒过差。吾有此好五十余年耳!昔吴国张长公亦称耽嗜,吾见张时,伊已六十,自言引满大胜少年时。吾今所进,亦多于往日,老而弥笃,唯吾与张季舒耳。吾方与此子交欢于地下(甚矣,同调之难得也),汝欲笑吾所志邪?昔周伯仁渡江,唯三日醒,吾不以为少(破庸人之论),郑康成一饮三百杯,吾不以为多。然洪醉之后,有得有失,成厮养之志,是其得也;使次公之狂,是其失也。吾常譬酒之犹水,亦可以济舟,亦可以覆舟,故江咨议有言:"酒犹兵也,兵可千日而不用,不可一日而不备。酒可千日而不饮,不可一饮而不醉(伟论惊人,酒中之圣)。"美哉江公,可与共论酒矣。汝惊吾堕马侍中之门,陷池武陵之第,遍布朝野,自言焦悚。丘也幸,苟有过,人必知之。吾生平所愿，身没之后，题吾墓云"陈故酒徒陈君之神道（此公志愿亦太奢）"。若斯志意，岂避南征之不复，贾谊之恸哭者哉！速营糟丘（兴复不减），吾将老焉。尔无多言，非尔所及。

若无一种夷旷之致流露行间，便只是酒家覆瓴布耳。似此天机清妙，涉笔成趣，刘杜风流，尚有嗣音也。（锡周）

唐文

帝京篇序

太宗（李世民）

余以万机之暇，游息艺文，观历列圣之皇皇，考当时之行事，轩昊舜禹之上，信无间然矣。至于秦皇周穆，汉武魏明，峻宇雕墙，穷侈极丽，九城无以称其求，江海无以赡其欲，覆亡颠沛，不亦宜乎？呜呼，沟洫可悦，何必江海之滨？麟阁可玩，何必两陵之间？忠良可接，何必海上神仙？丰镐可游，何必瑶池之上（蒋新又云：绝大道理以咏叹抑扬出之。）。释实求华，以人从欲，乱于大道，君子耻之。故选《帝京篇》以明雅志云尔。

训诰遗音。（锡周）

五斗先生传

王绩

有五斗先生者,以酒德游于人间。有以酒请者,无贵贱皆往,往必醉,醉则不择地斯寝矣。醒则复起饮也。常一饮五斗,因以为号焉。先生绝思虑,寡言语,不知天下之有仁义厚薄也。忽焉而去,倏然而来,其动也天,其静也地,故万物不能萦心焉。尝言曰:"天下大抵可见矣。生何足养?而嵇康著论;途何为穷?而阮籍恸哭(较竹林更出一头地)。"故昏昏默默,圣人之所居也。遂行其志,不知所如。

时贤诮人云:"不知天地为何物。"东皋子胸中乃只爱此七字。(锡周)

春夜宴桃李园序

李白

夫天地者，万物之逆旅；光阴者，百代之过客（旷而确）。而浮生若梦，为欢几何？古人秉烛夜游，良有以也（曲曲引出夜宴，妙笔）。况阳春召我以烟景，大块假我以文章。会桃李之芳园，序天伦之乐事。群季俊秀，皆为惠连，吾人咏歌，独惭康乐。幽赏未已，高谈转清。开琼筵以坐花（切桃李园），飞羽觞而醉月（切春夜）。不有佳作，何伸雅怀？如诗不成，罚依金谷（石崇园名）酒数。

未脱六朝骈丽习气，然与堆砌者殊异。（锡周）

山中与裴迪书

王维

近腊月下,景气和畅,故山殊可过。足下方温经,猥不敢相烦。辄便往山中,憩感配寺,与山僧饭讫而去。北涉玄灞,清月映郭,夜登华子冈,辋水沦涟,与月上下。寒山远火,明灭林外,深巷寒犬,吠声如豹。村墟夜舂,复与疏钟相间(如在画图)。此时独坐,僮仆静默,多思曩昔,携手赋诗,步仄径,临清流也。当待春中草木蔓发,春山可望,轻鲦出水,白鸥矫翼,露湿青皋,麦陇朝雊。斯之不远,倘能从我游乎?非子天机清妙者(选略云:清妙是摩诘自许),岂能以此不急之务相邀?然是中有深趣矣(领会得)。无忽。

每读一过,觉清冷之与耳谋。(锡周)

苏涣访江浦序

杜甫

苏大侍御涣,静者也(觉世人真好动而不好静)。旅于江侧,不交州府之客,人事都绝久矣。肩舆江浦,忽访老夫,舟楫而已(伯敬云:眼里看不得贵人与从久矣)。茶酒内余请诵近诗,肯吟数首,才力素壮,词句动人。接对明日,忆其涌思雷出,书箧几杖之外,殷殷留金石声。赋八韵记异,亦记老夫倾倒于苏至矣(赖此破岑寂)。

高人最得意事,出之以简贵之笔,真有得意境界。(锡周)

贼退示官吏诗序

元结

癸卯岁，西原贼入道州，焚烧杀掠，几尽而去。明年，贼又攻永破邵，不犯此州边鄙而退。岂力能制敌欤？盖蒙其伤怜而已（自嘲自笑）。诸使何为忍苦征敛？故作诗一篇以示官吏。

贼尚矜怜，诸使何忍征敛？竟有官不如贼之意。（锡周）

唐亭记

元结

浯溪之口，有异石焉，高六十余丈，周回四十余步。面在江口，东望浯台，北临大渊，南枕浯溪。唐亭当乎石上,异木夹户,疏竹傍檐,瀛洲言无,由此可信。若在亭上,目所厌者远山清川,耳所厌者水声松吹,霜朝厌者零雨,方暑厌者清风。呜呼!厌不厌也,厌犹爱也。命曰"唐亭",旌独有也。

脱尽窠臼,卓尔不群,当将柳州诸记并驾。(锡周)

贻子弟书

颜真卿

吾去岁中言事得罪,以不能逆道苟时,为千古罪人也("千古"字奇,他人不肯下,亦不能下)。虽贬居远方,终身不耻。汝曹当须会吾之志,不可不守也(倔强犹昔)。

姜桂之性,到老愈辣。(锡周)

哀囝（囝音蹇）

顾况

囝生闽方，闽吏得之，乃绝其阳。为臧为获，致金满屋，为髡为钳，如视草木。天道无知，我罹其毒，神道无知，彼受其福（怨得无谓，妙）。郎罢（闽人呼父为郎罢，子为囝）别囝，吾悔生汝。及汝既生，人劝不举。不从人言，果获是苦。囝别郎罢，心摧血下，隔地绝天，及至黄泉，不得在郎罢前（悲莫悲兮生别离）！

断肠，听不得！（锡周）

应科目时与人书

韩愈

天池之滨（起得怪绝），大江之濆，曰有怪物焉，盖非常鳞凡介之品汇匹俦也。其得水，变化风雨，上下于天，不难也。其不及水，盖寻常尺寸之间耳，无高山大陵、旷途绝险为之间隔也。然其穷涸，不能自致乎水，为猵獭之笑者，盖十八九矣。如有力者，哀其穷而运转之，盖一举手一投足之劳也。然是物也，负其异于众也，且曰："烂死于沙泥，吾宁乐之。若俯首贴耳，摇尾而乞怜者，非我之志也（赖此方堪传世，不然文章更无气骨）。"是以有力者遇之，熟视之若无睹也。其死其生，固不可知也。今又有有力者当其前矣，聊试仰首一鸣号焉。庸讵知有力者不哀其穷，而忘一举手一投足之劳，而转之清波乎？其哀之，命也；其不哀之，命也。知其在命，而且鸣号之者，亦命也（点睛飞动）。愈今者实有类于是，是以忘其疏远之罪，而有是说焉。阁下其亦怜察之。

风云吐于行间，珠玉生于字里。此种文，良由寝食《国策》得来。（锡周）

为人求荐书

韩愈

木在山，马在肆，过之而不顾者，虽日累千万人，未为不材与下乘也。及至匠石过之而不睨，伯乐遇之而不顾，然后知其非栋梁之材、超逸之足也。以某在公之宇下非一日，而又辱居姻娅之后，是生于匠石之园，长于伯乐之厩者也。于是而不得知，假有见知者，千万人亦何足云。今幸赖天子每岁诏公卿大夫贡士，若某等比，咸得以荐闻。是以冒进其说，以累于执事，亦不自量已。然执事其知某何如哉，昔人有鬻马不售于市者，知伯乐之善相也，从而求之。伯乐一顾，增价三倍。某与某事颇相类,是故始终言之耳。

在今日已成习套,在当时簇簇生新。(锡周)

答吕医山人书

韩愈

惠书责以不能如信陵执辔者。夫信陵,战国公子,欲以取士声势倾天下而然耳。如仆者,自度若世无孔子,不当在弟子之列(大而非夸)。以吾子始自山出,有朴茂之美意,恐未谙以世事。又自周后文弊,百子为书,各自名家,乱圣人之宗,后生习传,杂而不贯,故设问以观吾子。其已成熟乎,将以为友也;其未成熟乎,将以讲去其非而趋是耳。不如六国公子有市于道者也。方今天下入仕,惟以进士、明经,及卿大夫之世耳。其人率皆习熟时俗,工于语言,识形势,善候人主意。故天下靡靡,日入于衰坏,恐不复振起。务欲进足下趋死不顾利害去就之人于朝,以争救之耳。非谓当今公卿间无足下辈文学知识也（须索拈破），不得以信陵比。然足下衣破衣、系麻鞋，率然叩吾门，吾待足下，虽未尽宾主之道，不可谓无意者。足下行天下，得此于人盖寡，乃遂能责不足于我，此真仆所汲汲求者。议虽未中节，其不肯阿曲以事人者，灼灼明矣。方将坐足下三浴而三熏之（趣甚），听仆之所为，少安无躁。

山人错认陶潜，所以妄自尊大。公以趣语答之，而佐以恢奇之气，山人见此何施眉目耶。（锡周）

送董邵南序

韩愈

燕赵古称（须认"古称"二字）多感慨悲歌之士。董生举进士，连不得志于有司，怀抱利器，郁郁适兹土，吾知其必有合也。董生勉乎哉！夫以子之不遇时，苟慕义强仁者，皆爱惜焉，矧燕赵之士出乎其性者哉（以上只算客意）！然吾尝闻风俗与化移易，吾乌知其今不异于古所云邪（圆转如珠）？聊以吾子之行卜之也。董生勉乎哉！吾因之有所感矣。为我吊望诸君（乐毅）之墓，而观于其市，复有昔时屠狗（荆轲爱燕之狗屠）者乎？为我谢曰："明天子在上（烟波缥缈），可以出而仕矣！"

起句极似许可河北，妙在暗下"古称"二字，便只是赞叹几百年以前燕赵之士，与田悦、朱滔辈了无关涉也。中言安知今不异于古所云，竟是当面讥刺矣。但笔意隐跃使人不觉。昌黎伯口齿之妙，真堪独步千古。转折顿挫，意态淋漓，篇愈短意愈长，字愈少味愈多。文与可自品画竹，所谓数尺而有千寻之势者也。（锡周）

送殷员外序

韩愈

唐受天命为天子（黄河九曲，发源天上），凡四方万国，不问海内外，无小大，咸臣顺于朝。时节贡水土百物，大者特来，小者附集。元和睿圣文武皇帝既嗣位

(次序),悉治方内就法度。十二年诏曰:"四方万国,惟回鹘于唐最亲。丞相其选宗室四品一人,持节往赐君长,告之朕意。又选学有经法、通知时事者一人,与之为贰。"由是殷侯侑自太常博士迁尚书虞部员外郎兼侍御史,朱衣象笏(妙有渲染),承命以行。朝之大夫,莫不出饯。酒半,右庶子韩愈执盏言曰:"殷大夫(叫得妙),今人适数百里,出门惘惘有离别可怜之色。持被入直三省,丁宁顾婢子,语刺刺不能休(平地生波,大奇大奇)。今子使万里外国,独无几微出于言面,岂不真知轻重大丈夫哉!丞相以子应诏(不漏),真诚知人矣。"士不通经,果不足用。于是相属为诗,以道其行云。

鹿门谓其全学班掾,我谓其全学《史记》。中间一段兴会淋漓,中夜读之,令人起舞。不知是情生文,文生情?情文相生,如环无端。然则天地间至文,即天地间至情欤?(锡周)

送王含秀才序

韩愈

吾少时读《醉乡记》（佳文，名公必读），私怪隐居者无所累于世，而犹有是言，岂诚旨于味耶？及读阮籍、陶潜诗，乃知彼虽偃蹇，不欲与世接，然犹未能平其心，或为事物是非相感发，于是有托而逃焉者也。若颜氏子操瓢与箪，曾参歌声若出金石，彼得圣人而师之，汲汲每若不可及，其于外也固不暇，尚何曲糵之托，而昏冥之逃耶（更上一层。然只是闲语，因其取道甚远也）？吾又以悲醉乡之徒不遇也。建中初，天子嗣位，有意贞观、开元之丕绩，在廷之臣争言事。当此时，醉乡之后世又以直废（在寻根柢）。吾既悲醉乡之文辞，而又嘉良臣之烈，思识其子孙。今子之来见我也，无所挟，吾犹将张之，况文与行不失其世守，浑然端且厚。惜乎吾力不能振之，而其言不见信于世也。于其行，姑与之饮酒。

痕迹未化，非公匠心之文也。（锡周）

送温处士赴河阳军序

韩愈

伯乐一过冀北之野（破空而来，灵妙异常），而马群遂空。夫冀北马多于天下，伯乐虽善知马，安能空其群耶？解之者曰："吾所谓空，非无马也，无良马也。伯乐知马，遇其良辄取之，群无留良焉。苟无良，虽谓无马，不为虚语矣。"东都，固士大夫之冀北也（接笔入化）。恃才能深藏而不市者，洛之北涯曰石生，其南涯曰温生。大夫乌公以斧钺镇河阳之三月，以石生为才，以礼为罗，罗而致之幕下。未数月也，以温生为才，于是以石生为媒，以礼为罗，又罗而致之幕下（照顾石生便销缴石生。笔法神奇，一时无两）。东都虽信多才士，朝取一人焉，拔其尤，暮取一人焉，拔其尤，自居守河南尹以及百司之执事，与吾辈二县之大夫，政有所不通，事有所可疑，奚所咨而处焉（看他笔势宽展处，极得大踏步法）。士大夫之去位而巷处者，谁与嬉游？小子后生，于何考德而问业焉？缙绅之东西行过是都者，无所礼于其庐。若是而称曰：大夫乌公一镇河阳，而东都处士之庐无人焉（一语千钧，挽强手段），岂不可也？夫南面而听天下，其所托重而恃力者，惟相与将耳。相为天子得人于朝廷，将为天子得文武士于幕下，求内外无治，不可得也。愈縻于兹，不能自引去（方说到自己，他人已哓哓半日矣），资二生以待老，今皆为有力者夺之，其何能无介然于怀耶？生既至，拜公于军门，其为吾致前所称为天下贺，以后所称为我致私怨于尽取也（只是收拾全文，非分应前后也，勿被作者瞒过）。

通幅只赞叹乌公而温生之贤自见。若呆从温生着笔，定当减色多多许。只一起句便落定全局，目无全牛，皆因胸有成竹也。尤妙在认清是送第二个处士赴河阳军，所以笔笔是送温造文字，移不得《石洪篇》去。（锡周）

蓝田县丞厅壁记

韩愈

丞之职所以贰令，于一邑无所不当问。其下主簿、尉，主簿、尉乃有分职。丞位高而逼，例以嫌不可否事。文书行，吏抱成案诣丞，卷其前，钳以左手，右手摘纸尾，雁鹜行以进（冷淡生涯，写来好笑），平立睨丞曰："当署。"丞涉笔占位，署惟谨。目吏，问："可不可？"吏曰："得。"则退。不敢略省，漫不知何事。官虽尊，力势反出主簿、尉下。谚数慢必曰丞，至以相訾謷。丞之设，岂端使然哉！博陵崔斯立种学绩文，以蓄其有，泓涵演迤，日大以肆。贞元初，挟其能战艺于京师，再进再屈于人。元和初，以前大理评事言得失黜官，再转而为丞兹邑。始至，喟曰："官无卑，顾材不足塞职。"既噤不得施用，则又喟曰："丞哉，丞哉！余不负丞，而丞负余（愤而隽）！"则尽蘖去牙角，一蹙故迹，破崖岸而为之。丞厅故有记,坏漏污不可读。斯立易桷与瓦,墁治壁,悉书前任人名氏。庭有老槐四行,南墙巨竹千挺,俨立若相持,水㶁㶁(音革)循除鸣。斯立痛扫溉,对树二松,日哦其间。有问者,辄对曰:"余方有公事,子姑去(贤豪失意,只得如此)。"

斯立作丞,已如九尺丈夫坐矮檐下,况又噤不得施用耶?不哭而哦,以哦当哭耳!昌黎乃更以谑浪笑傲之致,状寂寞无聊之况,迸作血泪,染成杜鹃。(锡周)

毛颖传赞

韩愈

太史公曰:毛氏有两族,其一姬姓,文王之子,封于毛,所谓鲁、卫、毛、聃者也(闲趣)。战国时有毛公、毛遂。独中山之族,不知其本所出(谱出族系,托想非非),子孙最为蕃昌。《春秋》之成(趣),见绝于孔子,而非其罪。及蒙将军拔中山之豪,始皇封诸管城,世遂有名，而姬姓之毛无闻。颖始以俘见，卒见任使，秦之灭诸侯，颖与有功，赏不酬劳，以老见疏（神似史迁论赞），秦真少恩哉！

游戏三昧，具大神通。（锡周）

获麟解

韩愈

麟之为灵（此段将"麟之为灵"四字领起），昭昭也。咏于《诗》，书于《春秋》，杂出于传记百家之书。虽妇人小子，皆知其为祥也（先以祥字断定，后三段解不祥）。然麟之为物（此段将"麟之为物"四字领起），不畜于家，不恒有于天下。其为形也不类，非若马、牛、犬、豕、豺、狼、麋、鹿然，然则虽有麟，不可知其为麟也（寄慨在此）。角者，吾知其为牛；鬣者，吾知其为马；犬、豕、豺、狼、麋、鹿，吾知其为犬、豕、豺、狼、麋、鹿，惟麟也不可知。不可知，则其谓之不祥也亦宜

（解不祥）。虽然，麟之出必有圣人在乎位（此段将"麟之出"三字领起），麟为圣人出也。圣人者必知麟，麟之果不为不祥也（解不祥）。又曰：麟之所以为麟者（此段将"麟之所以为麟"六字领起），以德不以形。若麟之出不待圣人，则谓之不祥也亦宜（解不祥）。

截然四段，望之却似无限曲折在内，如帆随湘转，望衡九面。《获麟解》者，解《春秋》哀十四年西狩获麟之文也，三传言之备矣。此文但取《左氏传》中"以为不祥"四字，反复辩论也。外间读书不寻来历，竟似昌黎无端将祥与不祥纠缠不了矣。处处有"吁嗟麟兮"四字在言外，读者味之。（锡周）

杂说之一

韩愈

龙嘘气成云，云固弗灵于龙也。然龙乘是气，茫洋穷乎玄间，薄日月，伏光景，感震电，神变化，水下土，汩陵谷，云亦灵怪矣哉！云，龙之所能使为灵也。若龙之灵，则非云之所能使为灵也。然龙弗得云，无以神其灵矣。失其所凭依，信不可欤，异哉！其所凭依，乃其所自为也。易曰："云从龙。"既曰："龙，云从之矣。"

一转一意，一字一珠，文亦灵怪矣哉。（锡周）

杂说之四

韩愈

世有伯乐，然后有千里马（起法超卓）。千里马常有，而伯乐不常有（一篇大旨）。故虽有名马，祇辱于奴隶人之手，骈死于槽枥之间，不以千里称也。马之千里者，一食或尽粟一石，食马者不知其能千里而食也。是马也，虽有千里之能，食不饱，力不足，才美不外见，且欲与常马等不可得，安求其能千里也（老骥伏枥，古今同慨）！策之不以其道，食之不能尽其材，鸣之而不能通其意（千古奇冤。非公妙笔，不能快吐），执鞭而临之曰："天下无马。"呜呼！其真无马耶，其真不知马也！

满腔郁勃，出之以盘旋曲折。三首宰相书，一篇进学解，包括无遗。（锡周）

对禹问

韩愈

或问曰："尧舜传诸贤，禹传诸子，信乎？"曰："然。""然则禹之贤，不及于尧与舜也欤？"曰："不然。尧舜之传贤也，欲天下之得其所也。禹之传子也，忧后世争之之乱也。尧舜之利民也大，禹之虑民也深。"曰："然则尧舜何以不忧后世？"曰："舜如尧，尧传之，禹如舜，舜传之。得其人而传之，尧舜也，无其人，虑其患而不传者，禹也。舜不能以传禹，尧为不知人，禹不能以传子，舜为不知人。尧以传舜为忧后世，禹以传子为虑后世。"曰："禹之虑也则深矣，传之子而当不淑，则奈何？"曰："时益以难理，传之人则争，未前定也，传之子则不争，前定也。前定虽不当贤，犹可以守法，不前定而不遇贤，则争且乱。天之生大圣也不数，其生大恶也亦不数（即孟子"匹夫而有天下"二节意，此更透快绝伦）。传诸人，得大圣然后人莫敢争，传诸子，得大恶，然后人受其乱。禹之后四百年，然后得桀，亦四百年然后得汤与伊尹（推算都确）。汤与伊尹不可待而传也，与其传不得圣人而争且乱，孰若传诸子，虽不得贤，犹可守法。"曰："孟子之所谓'天与贤则与贤，天与子则与子'者，何也？"曰："孟子之心，以为圣人不苟私于其子以害天下。求其说而不得，从而为之辞。"

一言而万世承祧之法定。囚气锁辞者，应以此种为万金良药。（锡周）

殿中少监马君墓志

韩愈

君讳继祖，司徒赠太师北平庄武王之孙（一起便定全局），少府监赠太子少傅讳畅之子。生四岁，以门功拜太子舍人。积三十四年，五转而至殿中少监，年三十七以卒。有男八人，女二人。始余初冠，应进士，贡在京师，穷不自存，以故人稚弟拜北平王于马前（尺水兴波），王问而怜之，因得见于安邑里第。王轸其寒饥，赐食与衣，召二子使为之主，其季遇我特厚，少府监赠太子少傅者也（掩映生姿，方知起手便叙谱系之妙）。姆抱幼子立侧，眉眼如画，发漆黑，肌肉玉雪可念，殿中君也。当是时，见王于北亭，犹高山深林巨谷（此处写得色色令人羡慕，后文越觉周谢堪怜），龙虎变化不测，杰魁人也。退见少傅，翠竹碧梧，鸾鹄停峙，能守其业者也。幼子娟好静秀，瑶环瑜珥，兰茁其芽，称其家儿也。后四五年，吾成进士，去而东游，哭北平王于客舍（看他耐心细写）。后十五六年，吾为尚书都官郎，分司东都，而分府少傅卒，哭之。又十余年至今，哭少监焉。呜呼，吾未耄老，自始至今，未四十年（一篇结文），而哭其祖子孙三世，于人世何如也！人欲久不死（淋漓感慨，落纸有声），而观居此世者，何也？

将祖父来夹说,斗成异样花样,此文家善于设色处。至其局阵之奇,几疑出自先秦人手。(锡周)

河中府法曹张君墓碣

韩愈

有女奴抱婴儿来(起直率而奇),致其主夫人之语曰:"妾张圆之妻刘也。妾夫常语妾云:'吾常获私于夫子。'且曰:'夫子天下之名能文辞者,凡所言必传世行后。'今妾不幸,夫逢盗死途中,将以日月葬。妾重哀其生志不就,恐死遂沉泯,敢以其稚子汴见先生(辞令能品),将赐之铭。是其死不为辱,而名永长存,所以盖覆其遗胤子若孙。且死万一能有知,将不悼其不幸于土中矣!"又曰:"妾夫在岭南时,尝疾病,泣语曰:'吾志非不如古人,吾才岂不如今人,而至于是,而死于是耶(亦复悲壮)?若尔吾哀,必求夫子铭,是尔与吾不朽也。'"愈既哭吊辞,遂叙次其族世名字事始终而铭。

布势摹情虚妙。(钟伯敬)

最是碌碌未有奇节人墓道碑志,大不易作。善用笔者,在虚虚实实之间,固知钟先生评,真甘苦之言。(锡周)

祭房君文

韩愈

维某年月日,愈遣旧吏皇甫悦,以酒肉之馈,展祭于五官蜀客之柩前。呜呼!君乃至于此,吾复何言(有说不得光景)。若有鬼神,吾未死,无以妻子为念(言止此)。呜呼!君其能闻吾此言否(当唤奈何)?尚飨。

提起便气尽。(昌黎自注)

一两行内包括万千冤惨,亘古奇笔。(锡周)

陋室铭

刘禹锡

山不在高,有仙则名。水不在深,有龙则灵。斯是陋室,惟吾德馨。苔痕上阶绿,草色入帘青(写景不难,妙在恰描出陋室佳处)。谈笑有鸿儒,往来无白丁。可以调素琴,阅金经。无丝竹之乱耳,无案牍之劳形。南阳诸葛庐,西蜀子云亭(天然陪客)。孔子云:"何陋之有(结语泠然,善)!"

占得地步尽高。诸葛庐、子云亭,犹见刘郎逸韵。(锡周)

送辛殆庶下第游南郑序

柳宗元

吾闻焚舟（孟明）而克、手剑而盟（曹沫）者，皆败北之余也。子之厄困而往，霸心勇气，无乃发于是行乎？成拜赐之信，刷压境之耻，无乃果于是举乎？往慎所履，如志遄返，勉自固植，以遂子之欲。姑使谈者谓我言而中，不犹愈乎？

设想精切，便成异彩。自来送下第者，当以此为第一。（锡周）

送独孤申叔侍亲往河东序

柳宗元

河东，吾故土也（起得超绝），家世迁徙，莫能就绪。闻其间有大河、条山，气盖关左，文士往往彷徉临望（特下"文士"二字，全为下半作线），坐得胜概焉。吾固翘翘褰裳，奋怀旧都，日以滋甚（好顿）。独孤生，周人也（好接），往而先我，且又爱慕文雅，甚达经要，才与身长，志益强力。挟是而东，夫岂徒往乎？温清奉引之隙（带侍亲），必有美制。倘飞以示我，我将易观而待，所不敢忽。古之序者，期以申导志义，不为富厚，而今也反是。生至于晋，出我斯文于笔砚之伍，其有评我太简者，慎勿以知文许之（何等气概）！

河东得罪远斥，政与史迁相类，故其为文感慨激昂，亦与《史记》相似。大率文人遭时不遇，往往肆志文章

以舒愤懑，穷而后工，岂欺我哉！（锡周）

送李渭赴京师序

柳宗元

过洞庭，上湘江，非有罪左迁者罕至（起语突兀，如层峦耸翠）。又况逾临源岭，下离水，出荔浦，名不在刑部而来吏者，其加少也固宜。前余逐居永州，李君至，固怪其弃美仕，就丑地，无所束缚，自取瘴疠。后余斥刺柳州，至于桂，君又在焉，方屑屑为吏。噫！何自苦为是耶？明时宗室属子，当尉畿县。今王师连征不贡，二府方汲汲求士，李君读书为诗有干局，久游燕、魏、赵、代间，知人情，识地利，能言其故。以是入都干丞相，益国事，不求获乎己，而己以有获。予嫉其不为是久矣。今而曰："将行。"请余以言。行哉，行哉（《左传》云："嘻，速驾！"）！言止是而已。

河东本羡李君此行，但说明苦无意味。妙从李君本宗室子，不宜久吏远恶落想，而胸中悲凉寂寞之况，俱隐跃于言表。学者当于无字句处求之。突然而起，戛然而止。柳州短幅，较长篇结构更精严。（锡周）

送娄序

柳宗元

人咸言吾宗宜硕大（凌空而起），有积德焉（"德"字是主）。在高宗时，并居尚书省二十二人。遭诸武，以故衰耗。武氏败，犹不能兴，为尚书吏者，间数十岁乃一人。永贞年，吾与族兄登并为礼部属。吾黜，而季父公绰更为刑部郎，则加稠焉。又观宗中为文雅者，炳炳然以十数，仁义固其素也（合上积德）。意者，复兴乎（宕起下文）？自吾为僇人，居南乡，后之颖然出者，吾不见之也。其在道路幸而过余者（接落俱非恒境），独得娄。娄质厚不谄，敦朴有裕，若器焉，必隆然大而后可以有受，择所以入之者而已矣。其文蓄积甚富，好慕甚正，若墙焉，必基之广而后可以有蔽（过来人语），择其所以出之者而已矣。勤圣人之道，辅以孝悌，复向时之美（照应完密），吾于潩焉是望（确是对族人语）。汝往哉！见诸宗人，为我谢而勉焉。无若太山之麓，止而不得升也。其唯川之不已乎！吾去子，终老于夷矣（以惨语结，余音不绝）！

全在起束处凌厉顿挫，旁若无人。（孙月峰）

通身筋节，精悍绝伦。（锡周）

小石城山记

柳宗元

自西山道口径北逾黄茅岭而下，有二道：其一西出，寻之无所得；其一少北而东，不过四十丈，土断而川分，有积石横当其垠。其上为睥睨梁欐之形，其旁出堡坞，有若门焉。窥之正黑，投以小石，洞然有水声，其响之激越，良久乃已。环之可上，望甚远，无土壤而生嘉树美箭，益奇而坚，其疏数偃仰，类智者所施设也。噫！

吾疑造物者之有无久矣,及是愈以为诚有。又怪其不为之中州,而列是夷狄,更千百年不得一售其伎,是故劳而无用。神者,傥不宜如是,则其果无乎?或曰:"以慰夫贤而辱于此者。"或曰:"其气之灵,不为伟人(若迂诞,若诙谐,总是无聊),而独为是物,故楚之南少人而多石。"是二者,予未信之。

才人失路,寂寞无聊之况,开口便见。(锡周)

蝜蝂传

柳宗元

蝜蝂者,善负小虫也。行遇物,辄持取,昂其首,负之背。愈重,虽困剧不止也。其背甚涩,物积因不散,卒踬仆不能起。人或怜之,为去其负,苟能行,又持取如故。又好上高,极其力不已,至坠地死。今世之嗜取者,遇货不避,以厚其室。不知为己累也,唯恐其不积。及其怠而踬也,黜弃之,迁徙之,亦以病矣。苟能起,又不艾，日思高其位，大其禄，而贪取滋甚，以近于危坠，观前之死亡不知戒。虽其形魁然大者也，其名人也，而智则小虫也。亦足哀夫！

偶尔游戏之笔，然力追龙门而奴视兰台，所以久传。（锡周）

桐叶封弟辨

柳宗元

古之传者有言：成王以桐叶与小弱弟戏，曰："以封汝。"周公入贺。王曰："戏也。"周公曰："天子不可戏。"乃封小弱弟于唐（一言断定）。吾意不然。王之弟当封耶，周公宜以时言于王，不待其戏而贺以成之也；不当封耶，周公乃成其不中（衷同）之戏，以地以人与小弱弟者为之主，其得为圣乎？且周公以王之言不可苟焉而已，必从而成之耶？设有不幸，王以桐叶戏妇寺，亦将举而从之乎？凡王者之德，在行之何若。设未得其当,虽十易之不为病;要于其当,不可使易也,而况以其戏乎?若戏而必行之,是周公教王遂过也。吾意(二字接得妙。若用"他"字接便呆)周公辅成王宜以道,从容优乐,要归之大中而已,必不逢其失而为之辞。又不当束缚之,驰骤之,使若牛马然,急则败矣。且家人父子尚不能以此自克,况号为君臣者耶?是特小丈夫缺缺者之事,非周公所宜用,故不可信(缴足)。或曰:"封唐叔,史佚成之(余霞成绮)"。

理足机圆,神清气浑。结处忽作一掉,更觉通体皆灵。(锡周)

罴说

柳宗元

鹿畏䝙,䝙畏虎,虎畏罴。罴之状,被发人立,绝有力而甚害人焉。楚之南有猎者,能吹竹为百兽之音。昔云持弓矢罂火而即之山,为鹿鸣以感其类,伺其至,发火而射之。貙闻其鹿也,趋而至。其人恐,因为虎而骇之。貙走而虎至,愈恐,则又为罴,虎亦亡去。罴闻而求其类,至则人也,捽搏挽裂而食之。今夫不善内而恃外者,未有不为罴之食也。

此百炼精金也。不愧与韩并驾。中、晚以后绝响矣。(锡周)

临江之麋

柳宗元

临江之人畋得麋麑,畜之。入门,群犬垂涎,扬尾皆来。其人怒怛之。自是日抱就犬,习示之,使勿动,稍使与之戏。积久,犬皆如人意。麋麑稍大,忘己之麋也,以为犬良我友(哀哉),抵触偃仆益狎。犬畏主人,与之俯仰甚善,然时啖其舌(写出群犬性格)。三年,麋出门,见外犬在道甚众(此种从来蕃衍),走欲与为戏。外犬见而喜且怒,共杀食之,狼藉道上。麋至死不悟

（淡远有致）。

状物之工，几于绘影绘声。韩柳二公既往，此种笔意，绝响久矣。外间不知爱惜，何也？此戒依势以干非类也。子厚一蹶不复振，正坐此病。昌黎云："使子厚在台省时，自持其身，已能如司马、刺史时，亦自不斥。"知言哉！（锡周）

黔之驴

柳宗元

黔无驴，有好事者船载以入。至则无可用，放之山下。虎见之，庞然大物也（波折），以为神。蔽林间窥之，稍出近之，慭慭然莫相知。他日，驴一鸣，虎大骇远遁（波折），以为且噬己也，甚恐。然往来视之，觉无异能者（尖甚），益习其声。又近出前后，终不敢搏。稍近，益狎，荡倚冲冒。驴不胜怒，蹄之（败矣）。虎因喜，计之曰："技止此耳。"因跳踉大㘎，断其喉，尽其肉，乃去。噫！形之庞也，类有德，声之宏也，类有能。向不出其技，虎虽猛，疑畏卒不敢取（处士盗虚声，一出山便决裂矣）。今若是焉，悲夫！

妙有波折，斗成异样花色。不然，虽文思泉涌，终是直港行船也。（锡周）

永某氏之鼠

柳宗元

永有某氏者，畏日，拘忌异甚。以为己生岁直子，鼠，子神也，因爱鼠，不畜猫犬，禁僮勿击鼠。仓廪庖厨，悉以恣鼠不问。由是鼠相告，皆来某氏（鼠辈由来如此），饱食而无祸。某氏室无完器，椸无完衣，饮食大率鼠之余也。昼累累与人兼行，夜则窃啮斗暴（畅言之），其声万状，不可以寝，终不厌。数岁，某氏徙居他州。后人来居，鼠为态如故（简尽）。其人曰："是阴类恶物也（定案），盗暴尤甚，且何以至是乎哉！"假五六猫，阖门撤瓦灌穴，购僮罗捕之，杀鼠如丘，弃之隐处，臭数月乃已。呜呼！彼以饱食无祸为可恒也哉（冷语作结，悠然不尽）？

　　菩萨心肠和盘托出。合观三则，随物赋形，尽态极妍，闯入史迁之室矣。予摩挲把玩，不忍释手。世人因习举子业，谓无所用此，遂废置不顾，良可悼也。（锡周）

故御史周君碣

柳宗元

　　在天宝年，有以谄谀至相位，贤臣放退。公为御史，抗言以白其事，得死于墀下，史臣书之（贪位苟禄而终于正寝者，大半未得死所）。公之死，而佞者始畏公议。呜呼！古之不得其死者众矣！若公之死，志匡王国，气震奸佞，动获其所，斯盖得其死者欤！公之德之才，洽于传闻，卒以不试，而独申其节，犹能奋百代之上以为世轨。第令生于定、哀之间（转出佳境），则孔子不曰

"未见刚者";出于秦、楚之后,则汉祖不曰"安得猛士(以敢谏为猛士标名,独奇)"。而存不及兴王之用,没不遭圣人之叹,诚立志者之所悼也。故为之铭。

以隽思逸笔,发潜德幽光,觉味美在酸盐之外。(锡周)

箕子碑

柳宗元

呜呼!当其周时未至,殷祀未殄,比干已死,微子已去,向使纣恶未稔而自毙,武庚念乱以图存(论古解得此法,不劳翻案,无非新谛矣),国无其人,谁与兴理?是固人事之或然者也(能参活句)。然则先生隐忍而为此,其有志于斯乎!

拈出妙解,于想当然得之,故堪光景常新。(锡周)

与孟简书

吴武陵

古称一世三十年,子厚之谪十二年,殆半世矣(可怜)。霆砰电射,天怒也(奇喻),不能终朝。安有圣人在上,毕世而怒人臣邪?

代柳州稍舒抑郁。其言温厚和平,而恢奇之致咄咄逼人。(锡周)

送前长水裴少府归海陵序

梁肃

秋风木落,临水一望,而远客之思多矣。而裴侯复告予将归故国,伤怀赠别之诗,于是乎作也。夫道胜则遇物而适,文胜则缘情而美。裴侯温粹在中,英华发外,既乘兴而至,亦虚舟而还。与夫泣穷途咏《式微》者,不同日矣。若悲秋送远之际,宋玉之所以流叹也,况吾侪乎!

来得突兀,去得安闲。(锡周)

荔枝图序

白居易

荔枝生巴峡间，树形团团如帷盖，叶如桂，冬青；华如橘，春荣；实如丹，夏熟。朵如葡萄，核如枇杷，壳如红缯，膜如紫绡，瓤肉莹白如冰雪，浆液甘酸如醴酪，大略如彼，其实过之。若离本枝，一日而色变，二日而香变，三日而味变，四五日外，色香味尽去矣（写出品格）。元和十五年夏，南宾守乐天命工吏图而书之，盖为不识者，与识而不及一二日者云（为荔枝便有一片热肠，高人不同如此）。

特为荔枝立传，想见太守风流。昔东坡有"空寓岭表"之叹，对此真令人恨不生巴峡也。（锡周）

冷泉亭记

白居易

东南山水,余杭郡为最。就郡言,灵隐寺为尤,由寺观,冷泉亭为甲(出冷泉亭如剥蕉心)。亭在山下水中央,寺西南隅。高不倍寻,广不累丈,而撮奇得要,地搜胜概,物无遁形。春之日,吾爱其草薰薰,木欣欣,可以导和纳粹,畅人血气。夏之夜,吾爱其泉渟渟,风泠泠,可以蠲烦析酲,起人心情。山树为盖,岩石为屏,云从栋生,水与阶平(绝妙好辞。作者其有赋心乎),坐而玩之者可濯足于床下,卧而狎之者可垂钓于枕上。矧又潺湲洁澈,粹冷柔滑,若俗士,若道人,眼耳之尘,心舌之垢,不待盥涤,见辄除去,潜利阴益,可胜言哉!斯所以最余杭而甲灵隐也(一语挽前,健峭可喜)。杭自郡城抵四封,丛山复湖,易为形胜。先是领郡者,有相里君造虚白亭,有韩仆射皋作候仙亭,有裴庶子棠棣作观风亭，有卢给事元辅作见山亭，及右司郎中河南元藇最后作此亭。于是五亭相望，如指之列，可谓佳境殚矣，能事毕矣。后来者虽有敏心巧目，无所加焉，故吾继之，述而不作（老气无敌）。

记冷泉亭，夏月读之四坐风生，真造五凤楼手。文章无寄托者，大不易作。此文一无寄托，而波澜老成，经营匠心，洵称毫无遗憾。似此才情，不知何以列于八家之外？（锡周）

陆长源郑通诚哀辞

白居易

伊大化之无形兮，浩浩而茫茫。中有祸兮，若机之张。梁之乱兮，陆受其毒。徐之难兮，郑罹其殃。惟善人兮，邦之纪纲。邦之瘁兮，正人先亡。谓天之恶下民兮，胡为乎生此忠良（问天而天不言）？谓天之爱下民兮，胡为乎生此豺狼？我欲阶冥冥，问苍苍（神来之句)。苍苍之不可问兮,俾我心之蘁伤。悲夫,而今而后,吾知夫天难忱而命靡常耶!

造物每留此种不平事,持赠千秋万世后骚人迁客于吟风弄月时感伤怀抱。江州司马,情种也,作此青衫又湿。(锡周)

写真自题

裴度

尔才不长，尔貌不扬，胡为将，胡为相？一点灵台，丹青莫状。

似光而实寄傲。（锡周）

画谏

卢硕

汉文帝时,未央宫永明殿画古者五物(屈轶草、进善旌、诽谤木、敢谏鼓、獬豸冠),成帝阳朔中尝坐群臣于下,指之曰:"予慕尧舜理,故目是以自况。"大司马阳平侯王凤拜舞而贺,曰:"陛下法古为治,上稽唐虞,仁远乎哉!行之斯至。旌鼓之属,在陛下建之而已矣。至于神草灵兽,臣知不日当产于明庭,以彰上天之允答也。微臣不胜凫藻之抃。"御史大夫张忠出次而言曰:"斯无用之物也,臣请即日圬之。且是画肇于太宗之时,凡入圣矣,开眼而睹之者,背面而违之,未闻有裨于治也。臣敢为陛下条举:臣尝闻文帝时,洛阳人贾谊为博士,能诵诗属书,尝为上陈古先帝王之道,汉朝正朔之法。上以公卿之任无以易谊,俄绛、灌、冯敬之伍害其贤而毁之,遂疏而不信,傅卑湿之国。后虽征还,卒不得大用，丧志而死。至今负才藏器之徒，犹以为愤。此则善虽进而不能用也。帝又降诏除诽谤之令，许人言事。迨中宗朝，大臣杨恽、盖宽饶以讥刺辞语皆坐大辟。先帝在东宫，言其法太深刻，中宗竟不悔，此则木虽旁午，人不敢上书也。初，元帝时，弘恭、石显专权乱政，前将军望之嫉其奸邪，讽上除之，不从。望之反罹其愆过以自杀。此又邪不可触之验也。前日安昌侯禹，居陛下师傅之尊，不能率己以俭，而乃决泾引渭，广开田畴，便身娱耳，多置侈乐。平陵朱云上书，请斩其首，陛下怒不可忍，遽将诛之。云仓卒无据，乃至丧胆失魂。臣意列圣用此乃类是乎？臣之狂瞽，欲陛下言而必行，丹臒之设，不足以留连圣念也。且大司马亲勋之望，朝野所倚，不能因事而谏，返以为贺，佞孰甚焉！臣谨以指之，若斧锧将及，是陛下误屈轶也。臣不敢就僇。"

小臣折槛，正言碎衣，留以旌直，俱成画饼。固知此论极中肯綮。（锡周）

复性书

李翱

人之不力于道者，昏不思也（从他人说起）。天地之间，万物生焉，人之于万物，一物也，其所以异于鸟兽虫鱼者，岂非道德之性全乎哉！受一气而成形，一为物而一为人（唐时无人能见及此），得之甚难也。生乎世，又非深长之年也。以非深长之年，行甚难得之身，而不专专于大道，肆其心之所为，则其所以自异于鸟兽虫鱼者亡几矣。昏而不思，其昏也终不明矣。吾之生二十有九年矣（以下从自己说），思十九年时，如朝日也，思九年时，亦如朝日也。人之受命，其长者不过七十、八十年，九十、百年者则稀矣。当百年之时，而视乎九十年时也，与吾此日之思于前也，远近其能大相悬耶？其又能远于朝日之时耶（不意说理之文偏有如此快笔）？然则人之生也，虽享百年，若雷电之惊相激也，若风之飘而旋也，可知矣。况千百人而无一及百年者哉！故我之终日志于道德，犹惧未及也。彼肆其心之所为者，独何人耶？

快如并剪，爽若哀梨，惜不令濂、洛、关、闽诸先生有此妙舌。（锡周）

谏宪宗服金丹疏

裴潾

臣闻除天下之害者，受天下之利；同天下之乐者，飨天下之福。自黄帝及于文武，享国寿考（林云：真善服金丹者），皆用此道也。自去岁以来，所在多荐方士，转相汲引，其数浸繁。借令天下真有神仙，彼必深潜岩壑（妙），唯畏人知。凡候俟权贵之门，以大言自炫奇伎惊众者，皆不轨徇利之人，岂可信其说而饵其药耶？夫药以愈疾，非朝夕尝饵之物，况金石酷烈有毒，又益以火气，殆非人腑脏所能胜也。古者君饮药，臣先尝之（曹克明试蛮人药祖此）。乞令献药者先自饵一年，则真伪自可见矣。

尘世安得有神仙？神仙曷尝有金丹？金丹奈何轻送他人？愿以此三言赠天下方以外者。（锡周）

李贺小传

李商隐

长吉将死时,忽昼见一绯衣人,驾赤虬,持一板,书若太古篆或霹雳石文者,云当召长吉。长吉了不能读,欻下榻叩头,言:"阿婆老且病,贺不愿去。"绯衣人笑曰:"帝成白玉楼,立召君为记。天上差乐,不苦也!"长吉独泣。边人尽见之。少焉,长吉气绝。常所居窗中勃勃有烟气,闻行车嘒管之声。太夫人急止人哭,待之如炊五斗黍许时,长吉竟死。呜呼!天苍苍而高也,上果有帝耶?帝果有苑圃、宫室、观阁之玩耶?苟信然,则天之高邈,帝之尊严,亦宜有人物文采愈此世者,何独眷眷于长吉,而使其不寿耶(激昂凄楚,不堪卒读)?噫,又岂世所谓才而奇者,不独地上少耶,即天上亦不多耶?长吉生二十七年,位不过奉礼太常中,当时人亦多排摈毁斥之。又岂才而奇者,帝独重之,而人反不重耶？又岂人见会胜帝耶？

借长吉作文，言下时有激昂意，直壮心不堪牢落耳。（方胥城）

东坡、青莲，不过暂来人间作白玉楼赋耳。当世不知爱惜，即当骑箕尾归天上矣。（锡周）

旧臣论

李德裕

或问："先王论道之臣，事后王乎？"曰："不改先王之道则事之，改先王之道则去之。以事尧之心事舜、禹者，其皋陶、益、稷乎！以事武王之心事成王者，其周、召乎！以事汉高之心事惠帝者，其萧、曹乎！曹参尚不易萧何之规，况高祖之道？昔区区楚国，醴酒不设，穆生先去。且穆生岂为己也？盖伤废先王之道，不忍见后王之面，其不去者，焉得免胥靡之恨哉！魏晋以降，居相位者，皆靦面愧心而已。又有攘臂于其间者，掎摭先王之道以讳旧过，改张先王之道以媚新君，弃先王之故老以掩其羞，用先王之罪人以协其志。若天地间无神明则已，倘有神明，鬼得而诛之矣。"

大意似为牛僧孺、李宗闵而发，然其议论崇宏，自足著蔡千古。（锡周）

玉箸篆志

舒元舆

斯去千年,冰(赵郡人李阳冰,工秦篆)生唐时。冰复去矣,后来者谁?后千年有人,谁能待之?后千年无人,篆止于斯。呜呼主人,为吾宝之。

笔踪墨迹,直透纸背。(锡周)

与京西幕府书

刘蜕

汉武帝闻《子虚赋》,初恨不与相如同时,既而复喜其人之在世也。若然者,居蓬蒿而名闻于天子,富贵固不足疑其来,爵土固不足畏其大。今按其本传云,官则止于使者,居家初则甚贫。呜呼!有才如相如者,好才如汉武帝,然而不达者,蜕知之矣。于时武帝以四境为心,中国耗弱,爵土酬于谋臣,金帛竭于战士(妙想天开。因念才人读书善悟,古人简册中尚藏无穷好文章)。虽念一篇之《子虚》,固不能减十夫之口食,宜矣。蜕也生值当时,天下无事,以文争胜,得居第一。独蜕居家甚困,白身三十,过于相如者,盖无人先闻《子虚》于天子。今又不然,使有闻之于藩翰大臣,则其人自不废弃老死者也。呜呼!时异矣,事古矣。相如之时,虽遇天子,不能致富贵(搏结有力)。于今之时,遇藩翰大臣，则足以叙材用。伏惟执事以文学显用，士之得失无不经于心。谓小子之言何如哉？

汉家要一篇《子虚》何用！百相如不敌一史迁也。（锡周）

冶家子言

陆龟蒙

武王既伐殷，悬纣首。有泣于白旗之下者。有司责之，其人曰："吾冶家孙也。数十年间，载易其镕范矣。今又将易之，不知其所业，故泣。吾祖始铸田器，岁东作必大售。殷赋重，秉耒耜者一垒不敢起，吾父易之为工器。属宫室台榭侈，其售倍。民凋力穷，土木中辍，吾易之为兵器。会诸侯伐殷，师旅战阵兴，其售又倍前也。今周用钺斩独夫，四海将奉文理，吾之业必坏，吾亡无日矣！"武王闻之惧，于是苞干戈，亲农事。冶家子复祖之旧。

《左氏》屦贱踊贵只四言，此文衍至一百六十余言，凡三转而俱有寄托。吾亦不能言其妙，但见慧业文人读之，无不点头会意者，想必捉着些子耳。（锡周）

太甲论

陈越石

殷甲不惠于天下，其臣放之。后能改过，亦为臣之所立。或曰社稷之臣，必当如是。浅于国者之为论也。至若承汤之教，全殷之统，立臣之节，岂如是耶？君上之不肖与贤智，岂臣下之有不知耶？择其嗣，当求贤而立之，不知其非贤，以为不明，因而放之，令其自新，如日蚀不吐，河清难俟，中原之鹿将轶（文心如绮），时乘之龙待驾，于臣之业何如哉？况乎体非金石而冒雾露，如怀失国之诉以损其身，则弑君之谤，消无日矣。陈子曰："臣之忠，有幸而忠者也。君之立，有幸而立者也。如殷之君臣，皆幸而成者。"噫！浞浞接踵，羿羿比肩（造句奇崛，自成一体），君可放乎哉！其后，新取于西，魏成于东，司马氏之有天下，其始也未尝不伊不周，其终也未尝不羿不浞。皆取伊周以为嚆矢也。孟子曰："无伊尹之心则篡也。"有旨哉!

　　不刊之论。其称述伊尹事,则犹局于时见也。看来阿衡当日,并非放君。按《商书》但云:"营于桐宫,密迩先王。"其训无俾世迷而已,何得竟以为放耶?"放太甲于桐"句出公孙丑口中,不可为训。读古人书,须放开眼界,识解自臻绝顶。(锡周)

梅先生碑

罗隐

汉成帝时纲纽颓坏，先生以书谏天子者再三。夫火政虽去，而剑履间健者犹数百位，尚不能为国家出力以断佞臣头，复何南昌故吏愤愤于其下，得非南昌远地也？尉下僚也？苟触天子网，突幸臣牙，止于殚一狂人、噬一单族而已。彼公卿大臣，有生杀喜怒之任，有朋党蕃衍之大。出一言，作一事，必与妻子谋，苟不便其家，虽妾人婢子亦撄挽相制，而况亲戚乎？而况骨肉乎？故虽有忧社稷心，亦噤而不吐也。呜呼，宠禄所以劝功（沉痛），而位大者不语朝廷事。余读先生书，未尝不为汉朝公卿恨。今南游复过先生里，吁，何为道之多也！遂碑。

借一梅先生，以痛骂汉朝公卿，借汉朝公卿，以痛骂唐末公卿。读书人须有此种妙悟。位卑禄薄,不足以感其心,位高禄厚,适所以钳其口。篇中"宠禄所以劝功"二语,真血泪交迸之谈。(锡周)

蒙叟遗意

罗隐

上帝既剖混沌氏,以支节为山岳,以肠胃为江河,一旦虑其掀然而兴,则下无生类矣。于是孕铜铁于山岳,渟鱼盐于江河,俾后人攻取之(设想都奇),且将以苦混沌之灵,而致其必不起也。呜呼,混沌氏则不起矣,而人力殚焉(冷语。有无限神味)!

皮里阳秋,神似《公》《谷》。《唐文粹》载此种文极多,然皆未脱草野倨侮气,故不可录。(锡周)

铭秦坑

司空图

秦术戾儒,厥民斯酷。秦儒既坑,厥祀随覆。天复儒仇,儒祀而家。秦坑儒邪,儒坑秦邪(妙解)?

托想非非。(锡周)

记刘聪辱怀愍

佚名

晋怀愍之被执也,汉王刘聪每出则使之执盖而前导,每饮则使之捧爵而跪进焉。二人见有难色,聪斥曰:"吾汉(渊、聪附会姓刘,心事如揭)四百年鸿基,遭时之不淑,仅保蜀山一隅,以俟再兴。何仇于尔家,而以缘崖之计,凿破天险,夺去宸位,令昭烈不血食,而高、光在天之灵含愤!吾将斩尔头以为牺,取尔血以上荐于吾先祖!今特被尔青衣,使尔为我行酒,而尔不甘之耶?"于是二人惧,执卮膝行而前。聪又制为歌,遇行酒则令歌之。歌曰:"皇天兮苍,后土兮黄,乾坤有主兮,卯金之煌煌。典午何为兮,攘攘兮攘兮殃。游魂遗魄兮,为人捧觞(歌辞奇绝)。"又制为歌,遇执盖则令歌之。歌曰:"皇天兮盖,后土兮舆。宇宙有家兮,五铢之夷夷。典午何为兮,欺欺兮欺兮迷。残骸朽裔兮,为人驱车。"二人往往羞为歌，聪鞭之，至背流血。其捧卮秉盖时，则使众人指之曰："此故长安天子也。"一日聪谓二人曰："昔我高祖起西汉，及光武起东汉，吾今起为北汉。芒芒大地山河，吾祖孙迭起而主之。于尔晋人何有哉！吾将斩尔，尔顺我耶？"

怀死而愍降，两人拘执并不同时。篇中所称，非实录也。其意不过为蜀汉吐气耳。然文情恣肆，令人读之耳目一新。大约唐末人手笔。（锡周）

宋文

敕曹彬伐南唐

艺祖（赵匡胤）

江南之事，一以委卿，切勿暴掠生民。务广威信，使自归顺，不须急击也。陷落之日，慎毋杀僇。设若困斗，则李煜一门，不可加害。朕今匣剑授卿（忽如疾雷破柱，宜潘美等相顾失色），副将以下，不用命者斩之。

惠怀至矣，却英风袭人，故奇。（锡周）

睡答

陈抟

白云先生卧华山之颠,方醒。有衣冠子金励问曰:"先生以一睡收天地之混沌,以一觉破今古之往来(二语可作睡乡佳联)。妙哉,睡也。睡亦有道乎?"先生答曰:"有道。凡人之睡也,先睡目,后睡心(确);吾之睡也,先睡心,后睡目(精)。凡人之醒也,先醒心,后醒目(更确);吾之醒也,先醒目,后醒心(更精)。心醒,因见心乃见世;心睡,不见世并不见心。宇宙以来,治世者以玄圭封,以白鱼胜;出世者以黄鹤去,以青牛度;训世者以赤字推,以绿图画。吾尽付之无心也。睡无心,醒亦无心(其诀在此)。"励曰:"睡可无心,醒焉能无心?"先生答曰:"凡人于梦处醒,故醒不醒;吾心于醒处梦,故梦不梦。故善吾醒,乃所以善吾睡(舌底澜翻,子书佳境);善吾睡,乃所以善吾醒。"励曰:"吾欲学至无心,如何则可?"先生答曰:"对境莫任心,对心莫任境(消息从此领取),如是已矣,焉知其他。"因示以诗云:"常人无所重,惟睡乃为重。举世此为息,魂离神不动。觉来无所知,知来心愈用。堪笑尘世中,不知梦是梦。"

古来高蹈之士,元亮醉菊,和靖妻梅,子陵垂钓,君平卖卜,各有寄托。先生乃独以高卧传,其真得睡乡三昧者耶,抑借睡以觉世之梦梦者耶?(锡周)

黄冈竹楼记

王禹偁

黄冈之地多竹。大者如椽，竹工破之，刳去其节，用代陶瓦，比屋皆然，以其价廉而工省也。子城西北隅，雉堞圮毁，蓁莽荒秽，因作小楼二间，与月波楼通。远吞山光，平挹江濑（确是楼），幽阒辽夐，不可具状。夏宜急雨，有瀑布声；冬宜密雪，有碎玉声（确是竹楼）。宜鼓琴，琴调和畅；宜咏诗，诗韵清绝；宜围棋，子声丁丁然；宜投壶，矢声铮铮然，皆竹楼之所助也（一语锁住）。公退之暇，被鹤氅衣，戴华阳巾，手执《周易》一卷，焚香默坐（四字着眼），消遣世虑。江山之外，第见风帆沙鸟、烟云竹树而已（写景不奇，奇在安放一"竹"字，真觉汉川修竹贱如蓬也）。待其酒力醒，茶烟歇，送夕阳，迎素月，亦谪居（二字已带起末段意）之胜概也。彼齐云、落星，高则高矣；井干、丽谯，华则华矣。止于贮妓女，藏歌舞，非骚人之事，吾所不取。吾闻竹工云，竹之为瓦仅十稔，若重覆之，得二十稔。噫，吾以至道乙未岁自翰林出滁上，丙申移广陵，丁酉又入西掖，戊戌岁除日有齐安之命，己亥闰三月到郡。四年之间，奔走不暇，未知明年又在何处，岂惧竹楼之易朽乎（此亦世虑之一，说得高旷，雅与通幅相称）？后之人与我同志，嗣而葺之，庶斯楼之不朽也。

　　竹楼，韵事；《竹楼记》，韵文也。必极力摆脱俗想方佳。此作妙在用消遣世虑四字摆脱一切，纸上亦觉幽闃辽夐，不可具状也。确是楼，确是竹楼，确是默坐竹楼。令人读之如在画图。（锡周）

严先生祠堂记

范仲淹

先生(从先生说起),光武之故人也,相尚以道(总赞一句。以下一路将帝与先生两两形击)。及帝握《赤符》,乘六龙,得圣人之时,臣妾亿兆,天下孰加焉?惟先生以节高之。既而动星象,归江湖,得圣人之清,泥涂轩冕,天下孰加焉?惟光武以礼下之。在蛊之上九,众方有为,而独"不事王侯,高尚其志",先生以之。在屯之初九,阳德方亨,而能"以贵下贱,大得民也",光武以之。盖先生之心,出乎日月之上;光武之量,包乎天地之外。微先生不能成光武之大,微光武岂能遂先生之高哉!而使贪夫廉,懦夫立(独归到先生),是大有功于名教也。仲淹来守是邦,始构堂而奠焉,乃复为其后者四家,以奉祠事。又从而歌曰:"云山苍苍,江水泱泱,先生之风,山高水长。"

中间对偶处仍流走，有节节相生之妙。先生立朝，风度端凝，而为文亦如之。先生文章，湛深经术，而为人亦如之。字句都担斤两。（锡周）

岳阳楼记

范仲淹

庆历四年春，滕子京谪守巴陵郡。越明年，政通人和，百废俱兴。乃重修岳阳楼，增其旧制，刻唐贤、今人诗赋于其上，属予作文以记之。予观夫巴陵胜状，在洞庭一湖。衔远山，吞长江，浩浩汤汤，横无际涯，朝晖夕阴，气象万千（数语已尽岳阳之胜）。此则岳阳楼之大观也，前人之述备矣（人详我略）。然则北通巫峡，南极潇湘，迁客骚人，多会于此，览物之情，得无异乎（开出妙境。全学元之《待漏院记》）？若夫霪雨霏霏，连月不开，阴风怒号，浊浪排空，日星隐耀，山岳潜形，商旅不行，樯倾楫摧，薄暮冥冥，虎啸猿啼，登斯楼也，则有去国怀乡，忧谗畏讥，满目萧然，感极而悲者矣

（此凄怆悲怀之岳阳楼）。至若春和景明，波澜不惊，上下天光，一碧万顷，沙鸥翔集，锦鳞游泳，岸芷汀兰，郁郁青青。而或长烟一空，皓月千里，浮光耀金，静影沉璧，渔歌互答，此乐何极（此游目骋怀之岳阳楼）！登斯楼也，则有心旷神怡，宠辱皆忘，把酒临风，其喜洋洋者矣。嗟夫！予尝求古仁人之心，或异二者之为，何哉？不以物喜，不以己悲。居庙堂之高则忧其民，处江湖之远则忧其君。是进亦忧，退亦忧，然则何时而乐耶？其必曰"先天下之忧而忧，后天下之乐而乐"欤（方揭出主意）！噫，微斯人，吾谁与归！

不屑屑记述，而独发高论，忧君爱国，宰相之文。（锡周）

仪舞辨

宋祁

夔曰:"箫韶九成,凤皇来仪,击石拊石,百兽率舞。敢问何谓也?"对曰:"以为虞氏之德,上奉天,下法地,中得人。万物字茂,寒而寒,暑而暑,杀之不暴,贷之不私,挈天下纳于仁寿。若奠器在垆,以其成功。次之歌诗,轰然写金石,入匏竹,无所加其德可矣。凤未始来也,兽未始感也。且乐作之朝(起波),作之庙,作之郊乎?朝有宫室之严,庙有垣墉之护,郊有营卫之禁,则兽何自而至焉?自山林来,则必凌突淮河,戢戢林林,躩跐踯躅,顿足掉首,腾踏盘桓,何其怪也!群瞽在廷,百工雁行,而兽参其间(所谓仪舞者必在张乐之处耶?固哉,子京),吾以为怪而不祥。"曰:"然则孔子何为不删而著之?"曰:"乐主成功。不得不盛推古昔,侈吾言以肆之。有如祖考来格,又将见颛顼、尧、瞍闯然于堂上耶

(晓人当如是)？"

和气致祥，非理所必无。然呆看不如活看。得此妙解，圆通无碍。（锡周）

与富郑公书

欧阳修

有蜀人苏洵者,文学之士也。自云奔走德望,思一见而无所求(画出老泉高品)。然洵远人,以谓某能取信于公者,求为先容。既不可却,亦不忍欺(是待富、苏二公法)。辄以冒闻,可否进退,则在公命也。

自来作曹丘生,未有光明磊落如公者,文之妙在此。(锡周)

送田画秀才序

欧阳修

五代之初,天下分为十三四。及建隆之际,或灭或微，其在者犹七国，而蜀与江南地最大。以周世宗之雄，三至淮上不能举李氏，而蜀亦恃险为阻，秦陇、山南皆被侵夺，而荆人缩手归、峡，不敢西窥以争故地。及太祖受天命，用兵不过万人，举两国如一郡县吏，何其伟欤！当此时，文初之祖从诸将西平成都，及南攻金陵，功最多。于时语名将者称田氏。田氏功书史官，禄世于家，至今而不绝。及天下已定，将无所用其武，士君子争以文儒进。故文初将家子，反衣白衣，从乡进士举于有司。彼此一时，亦各遭其势而然也（慨然）。文初辞业通敏，为人敦洁可喜。岁之仲春，自荆南西拜其亲于万州，维舟夷陵。予与之登高以远望，遂游东山，窥绿萝溪，坐磐石。文初爱之，数日乃去。夷陵者，其地志云"北有夷山，以为名"。或曰"巴峡之险，至此地始平夷"。盖今文初所见，尚未为山川之胜者（情闲致逸，绝妙文心），由此而上，溯江湍，入三峡，险怪奇绝，乃可爱也。当王师伐蜀时，兵出两道：一自凤州以入，一自归州以取忠、万以西。今之所经，皆王师向所用武处，览其山川（逸兴遄飞），可以慨然而赋矣。

无心出岫之云，忽然来鸣之鸟，皆于闲处见妙。欧公此文，情闲致逸，君从何处看得此无人态耶？（锡周）

谢氏诗序

欧阳修

天圣七年，予始游京师，得吾友谢景山。景山少以进士中甲科，以善歌诗知名。其后予于他所。又得今舍人宋公所为景山母夫人之墓铭，言夫人好学通经，自教其子，乃知景山出于瓯闽数千里之外，负其艺于大众之中，一贾而售，遂以名知于人者（天然层次），繄其母之贤也。今年予自夷陵至许昌，景山出其女弟希孟所为诗百余篇，然后又知景山之母不独成其子之名，而又以其余遗其女也（月移花影）。景山尝学杜甫、杜牧之文，以雄健高逸自喜。希孟之言尤隐约深厚，守礼而不自放，有古幽闲淑女之风，非特妇人之能言者也。然景山尝从今世贤豪者游，故得闻于当时，而希孟不幸为女子，莫自章显于世。昔卫庄姜、许穆夫人录于仲尼，而列之

《国风》（大头脑，非公不解拈出）。今有杰然巨人，能轻重时人而取信后世者，一为希孟重之，其不泯没矣。予固力不足者，复何为哉，复何为哉！希孟嫁进士陈安国，卒时年二十四。

拈出庄姜、许穆夫人录于仲尼，叙闺阁诗第一妙义，已被永叔占去。前路从景山引出景山母，从景山母引出景山女弟，衬托既绝工，立言尤有体也。（锡周）

仁宗御飞白记

欧阳修

治平四年夏五月，余将赴亳，假道于汝阴，因得阅书于子履之室，而云章烂然，辉映日月，为之正冠肃容，再拜而后敢仰视（出飞白，何等郑重），盖仁宗皇帝之御飞白也。曰："此宝文阁之所藏也。胡为于子之室乎？"子履曰："曩者，天子宴从臣于群玉而赐以飞白，余幸得与赐焉。予穷于世久矣，少不悦于时人，流离窜斥十有余年,而得不老死江湖之上者,盖以遭时清明,天子向学,乐育天下之材,而不遗一介之贱,使得与群贤并游于儒学之馆。而天下无事,岁时丰登,民物安乐,天子优游清闲,不迩声色,方与群臣从容于翰墨之娱(金碧其色,铿锵其音,掌丝纶大手也),而余于斯时窃获此赐,非惟一介之臣之荣遇,亦朝廷一时之盛事也。子其为我志之。"余曰:"仁宗之德泽涵濡于万物者四十余年。虽田夫野老之无知,犹能悲歌思慕于垄亩之间,而况儒臣学士,得望清光、蒙恩宠、登金门而上玉堂者乎(缠绵切至,何等声情)?"于是相与泫然流涕而书之。夫玉韫石而珠藏渊,其光气常见于外也,故山辉如白虹,水变而五色者,至宝之所在也。今赐书之藏于子室也,吾知将有望气者言荣光起而烛天者(余霞成绮),必赐书之所在也。

欧公之文所以独步一时者,涉笔便有声响,落纸都成烟云,故非曾、王可及。(锡周)

伶官传论

欧阳修

呜呼！盛衰之理，虽曰天命，岂非人事哉（陡喝）！原庄宗之所以得天下，与其所以失之者，可以知之矣。世言晋王之将终也，以三矢赐庄宗而告之曰："梁，吾仇也；燕王，吾所立；契丹，与吾约为兄弟，而皆背晋以归梁。此三者，吾遗恨也。与尔三矢，尔其无忘乃父之志！"庄宗受而藏之于庙。其后用兵，则遣从事以一少牢告庙，请其矢，盛以锦囊，负而前驱，及凯旋而纳之。方其系燕父子以组，函梁君臣之首（议论横生，如风起水涌），入于太庙，还矢先王，而告以成功，其意气之盛，可谓壮哉！及仇雠已灭，天下已定，一夫夜呼，乱者四应，仓皇东出，未及见贼而士卒离散，君臣相顾，不知所归，至于誓天断发，泣下沾襟，何其衰也（沉郁顿挫）！岂得之难而失之易欤？抑本其成败之迹而皆自于人欤?《书》曰:"满招损,谦受益。"忧劳可以兴国,逸豫可以亡身(名言可佩),自然之理也。故方其盛也,举天下之豪杰莫能与之争(反复言之,感慨惋惜都有);及其衰也,数十伶人困之,而身死国灭,为天下笑。夫祸患常积于忽微,而智勇多困于所溺(唤醒一切),岂独伶人也哉!作《伶官传》。

始为变徵之音,继为羽声。慷慨读之,不觉起舞。(锡周)

读李翱文

欧阳修

予始读翱《复性书》三篇,曰:此《中庸》之义疏尔。智者识其性,当复中庸,愚者虽读此,不晓也,不作可焉。又读《与韩侍郎荐贤书》,以为翱特穷时愤世无荐己者,故丁宁如此,使其得志,亦未必然。以韩为秦汉间好侠行义之一豪隽,亦善论人者也。最后读《幽怀赋》，然后置书而叹，叹已复读，不自休。恨翱不生于今，不得与之交，又恨予不得生翱时，与翱上下其论也。况乃翱一时有道而能文者，莫若韩愈。愈尝有赋矣（昌黎有《二鸟赋》），不过羡二鸟之光荣，叹一饱之无时尔。推是心，使光荣而饱，则不复云矣。其赋曰："众嚣嚣而杂处兮，咸叹老而嗟卑。视予心之不然兮，虑行道之犹非。"又怪神尧以一旅取天下，后世子孙不能以天下取河北，以为忧。呜呼，使当时君子皆易其叹老嗟卑之心为翱所忧之心，则唐之天下岂有乱与亡哉（随手生波，绝妙文心）！然翱幸不生今时（一掉，忽然无际），见今之事，则其忧又甚矣，奈何今之人不忧也！余行天下，见人多矣，脱有一人（阿谁）能如翱忧者，又皆疏远与翱无异。其余光荣而饱者，一闻忧世之言（无限感慨），不以为狂人，则以为病痴子，不怒则笑之矣。呜呼，在位而不肯自忧，又禁他人使皆不得忧（有遗音者矣），可叹也夫！

何人不读习之文，公独感触乃尔耶！予尝论东坡作文有诀，曰随物赋形。庐陵作文亦有诀，曰触景生情。（锡周）

石曼卿墓表

欧阳修

呜呼曼卿！宁自混以为高，不少屈以合世，可谓自重之士矣。士之所负者愈大，则其自顾也愈重（看他生出层折）。自顾愈重，则其合愈难。然欲与共大事，立奇功，非得难合自重之士（已寓痛惜意）不可为也。古之魁雄之人，未始不负高世之志，故宁或毁身污迹，卒困于无闻。或老且死而幸一遇，犹克少施于世。若曼卿者，非徒与世难合，而不克所施，亦其不幸，不得至乎中寿（天实为之，谓之何哉），其命也夫！其可哀也夫！

哭豪迈不羁之人，政不得效儿女态，数行中固生气勃勃也。（锡周）

爱莲说

周敦颐

水陆草木之花，可爱者甚蕃。晋陶渊明独爱菊。自李唐来，世人甚爱牡丹。予独爱莲之出淤泥而不染，濯清涟而不妖，中通外直，不蔓不枝，香远益清，亭亭静植，可远观而不可亵玩焉。予谓菊，花之隐逸者也；牡丹，花之富贵者也；莲，花之君子者也。噫，菊之爱，陶后鲜有闻；莲之爱，同予者何人？牡丹之爱，宜乎众矣（冷而隽）。

逢年云："不意先生作文乃尔倜傥风流。"予谓茂叔窗前草不除，殊有奇趣，世间真道学本无头巾气。（锡周）

谏院题名记

司马光

古者谏无官（起极高竿），自公卿大夫至于工商，无不得谏者（后世何以有越职言事之禁），汉兴以来始置官。夫以天下之政，四海之众，得失利病，萃于一官使言之，其为任亦重矣（落定有力）。居是官者，当志其大，舍其细，先其急，后其缓，专利国家而不为身谋。彼汲汲于名者，犹汲汲于利也（并扫落好名一辈人，眼界胸次俱高），其间相去何远哉！天禧初，真宗诏置谏官六员，责其职事（先谏官）。庆历中，钱君始书其名于版（次题名）。光恐久而漫灭，嘉祐八年刻著于石（次勒石）。后之人将历指其名而议之曰："某也忠，某也诈，某也直，某也曲（说出关系，凛若严霜）。"呜呼，可不惧哉！

必有一种台阁气象，而后其文乃贵；必有一副干净肚肠，而后其文乃洁；必有一管严冷笔伏，而后其文乃遒；必有一段不朽议论，而后其文乃精。兼四美者，其斯文乎！前从古者起，末用后人结。想曩贤作文，便欲与天地日月并寿，决不苟作。（锡周）

上王长安书

苏洵

天下无事，天子甚尊，公卿甚贵，士甚贱。从士而逆数之，至于天子，其积也甚厚，其为变也甚难。是故天子之尊至于不可指，而士之卑至于可杀。呜呼，见其安而不见其危，如此而已矣（宕折）。卫懿公之死，非其无人也，以鹤辞而不与战也。方其未败也，天下之士望为其鹤而不可得也（伟议佐以语妙，故饶风趣）。及其败也，思以千乘之国与匹夫共之而不可得也。人知其卒之至于如此，则天子之尊可以慄慄于上，而士之卑可以肆志于下，又焉敢以势言哉！故夫士之贵贱，其势在天子。天子之存亡，其权在士（此种议论全学《孟子》，其气骨亦神似）。世衰道丧，天下之士学之不明，持之不坚，于是始以天子存亡之权，下而就一匹夫贵贱之势。甚矣夫，天下之惑也！持千金之璧，以易一瓦缶，几何其不举而弃诸沟也（反复慨叹，意态淋漓）！古之君子，其道相为徒，其徒相为用。故一夫不用乎此，则天下之士相率而去之，使夫上之人有失天下士之忧（梦卜求贤，想应为此），而后有失一士之惧。今之君子，幸其徒之不用，以苟容其身，故其始也轻用之，而其终也亦轻去之。呜呼，其亦何便于此也（又宕折）！当今之世，非有贤公卿不能振其前，非有贤士不能奋其后。洵从蜀来，明日将至长安，见明公而东。伏惟读其书而察其心，以轻重其礼（只争此）。幸甚，幸甚！

高谈雄辩，从读书养气得来。较昌黎《上执政书》更觉俊伟。（锡周）

名二子说

苏洵

轮、辐、盖、轸，皆有职乎车，而轼独若无所为者（负乘致寇，乃长公受病处）。虽然，去轼则吾未见其为完车也（谓之冷眼可，谓之热肠可）。轼乎，吾惧汝之不外饰也（吾辈亦须外饰耶）。天下之车，莫不由辙，而言车之功，辙不与焉（宠辱皆忘，是次公受用处）。虽然，车仆马毙，而患亦不及辙。是辙者，善处于祸福之间也。辙乎，吾知免矣。

读此及《辨奸论》，乃知老泉有大见识。（钟伯敬）。

只从轼、辙二字发论，而长公、次公全身都现。宾主双彰，小品中绝唱也。两"虽然"字极转得好，便觉纸上无限曲折顿挫。（锡周）

族谱引

苏洵

苏氏族谱，谱苏氏之族也。苏氏出于高阳，而蔓延于天下。唐神尧初，长史味道刺眉州，卒于官，一子留于眉。眉之有苏氏自此始。而谱不及焉者，亲尽也（捷甚）。亲尽则曷为不及？谱为亲作也。凡子得书而孙不得书者，何也？以著代也。自吾之父以至吾之高祖，仕不仕，娶某氏，享年几，某日卒，皆书，而他不书者，何也？详吾之所自出也。自吾之父以至吾之高祖，皆曰讳某，而他则遂名之，何也？尊吾之所自出也。谱为苏氏作，而独吾之所自出得详与尊，何也？谱吾作也（一笔勾出）。呜呼！观吾之谱者，孝悌之心可以油然而生矣。情见于亲，亲见于服，服始于衰，而至于缌麻，而至于无服。无服则亲尽，亲尽则情尽，情尽则喜不庆、忧不吊。喜不庆，忧不吊则涂人也。吾所与相视如涂人者，其初兄弟也，兄弟其初一人之身也（反复尽致）。悲夫，一人之身，分而至于涂人（味足则语隽），吾谱之所以作也。其意曰：分至于涂人者，势也。势，吾无如之何也（愈转愈佳）。幸其未至于涂人也，使其无至于忽忘焉可也。呜呼！观吾之谱者，孝悌之心，可以油然而生矣。

纤徐隽永，有欧阳俯仰揖让之态，有先秦向背往来之致，不徒以学《公》《谷》见长。（锡周）

道旁父老言

王令

道旁父老髶而黑瘠，天甚寒，衣破上而露下。王子遇而嗟之。父老曰："小子何为嗟？"答曰："翁老矣，衣食不足以胜寒饥，筋力已疲，不肖窃有志者，故敢嗟。"父曰："子来前，吾语尔。夫畜牛者求㲃，食犬者怀谊，然则尸之者宜若然耶？且不知吾辈又尸之谁也。无乃亦宜马牛其思欤？"答曰："太平之世，明天子在上，四民各获其利，衣食所不足者，游惰之民尔。虽然，翁胡为至是？"父曰："天时连凶，有田不足以偿租赋，子孙散去，不能见保。然则为老人者尚有罪耶？"谢之曰："翁无多怨，岁饥尔，奈之何！"父怒曰："饥何罪耶？受人之羊，匪牧是思。十羊其来，九皮而归。曰羊病死，奚牧之非？然则可乎？小子未可与语也，又何志之有耶！"投其杖而去，追而谢之，不复应。

直穷到底，齿牙尖利。（锡周）

同学一首别子固

王安石

江之南有贤人焉，字子固，非今所谓贤人者，予慕而友之。淮之南有贤人焉，字正之，非今所谓贤人者，予慕而友之。二贤人者，足未尝相过也，口未尝相语也，辞币未尝相接也。其师若友，岂尽同哉？予考其言行，其不相似者何其少也！曰：学圣人而已矣。学圣人，则其师若友必学圣人者，圣人之言行，岂有二哉？其相似也适然。予在淮南，为正之道子固，正之不予疑也。还江南，为子固道正之，子固亦以为然。予又知所谓贤人者，既相似，又相信不疑也（侧落）。子固作《怀友》一首遗予，其大略欲相扳以至于中庸而后已。正之盖亦常云尔。夫安驱徐行，辅中庸之庭而造于其室，舍二贤人者而谁哉！予昔非敢自必其有至也，亦愿从事于左右焉尔。辅而进之，其可也。噫，官有守，私有系，会合不可以常也,作《同学一首别子固》以相警,且相慰云。

扯正之来做伴,牵合不无痕迹,然文亦秀发,不近凡俗。(锡周)

读孟尝君传

王安石

世皆称孟尝君能得士(斗然起),士以故归之,而卒赖其力以脱于虎豹之秦。嗟乎,孟尝君特鸡鸣狗盗之雄耳(斗然断),岂足以言得士?不然,擅齐之强(斗然转),得一士焉,宜可以南面而制秦(妙,何必三年),尚何取鸡鸣狗盗之力哉!鸡鸣狗盗之出其门,此士之所以不至也(斗然结)。

凿凿只是四笔,笔笔如一寸之铁,不可得而屈也。(金圣叹)

鸡鸣狗盗之客，犹胜吕惠卿、邓绾一辈人。公生平与客无缘，故其议论如此。公生平好为大言，如"陛下当远法尧舜"之类是也，按之却毫无实际。篇中云"宜可以南面而制秦"，盖故为大言以骇人听闻耳。不如此便不足以压倒田文。（锡周）

读孔子世家

王安石

太史公叙帝王则曰本纪，公侯传国则曰世家，公卿特起则曰列传，此其例也。其列孔子为世家，奚其进退无所据耶？孔子，旅人也，栖栖衰季之世，无尺土之柄，此列之以传宜矣，曷为世家哉？岂以仲尼躬将圣之资，其教化之盛，舄奕万世，故为之世家以抗之？又非极挚之论也。夫仲尼之才，帝王可也，何特公侯哉？仲尼之道，世天下可也（定论），何特世其家哉？处之世家，仲尼之道不从而大；置之列传，仲尼之道不从而小（两路夹说，更无躲闪），而迁也自乱其例，所谓多所抵牾者也。

翻驳尽致，刘安所称笔挟风霜者也。孔子大圣人，乃与陈涉辈并列世家，史迁本自纳败阙，宜其为荆公所訾。但腐史佳处，在叙述不在论断，孟坚因各立门户，故有意罗织其失，究不足为良史病也。（锡周）

郑公夫人李氏墓志

王安石

夫人敏于德，详于礼，事皇姑称孝，内谐外附，上下裕如。郑公（夫人之翁）大姓，尝以其富主四方之游士，至侍郎（夫人之夫），则始贫而专于学。夫人又故富家，尽其资以助宾祭，补纫浣濯，饎爨朝夕。人有不任其劳苦，夫人欢终日，如未尝贫。故侍郎亦以自安于困约之时，如未尝富。郑氏盖将日显矣，而夫人不及其显禄。呜呼，良可悲也！于其葬，临川人王某为铭。

只就境遇着笔,笔妙如环。(锡周)

比部陈君墓铭

王安石

于此有木焉,一本而中分,其材均,树之时又均,或断而焚,或剖以为牺尊(庄生《齐物论》可以不作)。谁令然耶?其偶然邪?吾又何嗟!

凌空飞舞,不染纤尘。(锡周)

宝文阁待制常公墓表

王安石

公学不期言也,正其行而已,行不期闻也,信其义而已。所不取也,可使贪者矜焉,而非雕斫以为廉;所不为也,可使弱者立焉,而非矫抗以为勇。官之而不事,召之而不赴，或曰必退者也，终此而已矣（鹿门云：忽作一折，文势方不平）。及为今天子所礼，则出而应焉。于是天子悦其至，虚己而问焉，使苍谏职以观其迪己也，使董学政以观其造士也（以虚运实，妙手空空）。公所言乎上者无传，然皆知其忠而不阿（总无一笔呆填），所施乎下者无助，然皆见其正而不苟。诗曰："胡不万年（转接处如有神）。"惜乎！既病而归死也。自周道隐，观学者所取舍，大抵时所好也。违俗而适己，独行而特起。呜呼，公贤远矣（澹宕）！传载公久，莫如以石，石可磨也，亦可泐（音勒）也，谓公且朽，不可得也。

人皆知其化实为虚，而不知其化虚为实也。中间转接跌宕处，玲珑跳脱，具见笔力，以手扣之，犹有洼窿。（锡周）

赠黎安二生序

曾巩

赵郡苏轼,余之同年友也。自蜀以书至京师遗余,称蜀之士曰黎生、安生者。既而黎生携其文数十万言,安生携其文亦数千言,辱以顾予。读其文,诚闳壮隽伟,善反复驰骋,穷尽事理,而其材力之放纵,若不可极者也。二生固可谓魁奇特起之士,而苏君固可谓善知人者也(轻点有法)。顷之,黎生补江陵府司法参军。将行,请余言以为赠。余曰:"余之知生,既得之于心矣,乃将以言相求于外邪?"黎生曰:"生与安生之学于斯文,里之人皆笑,以为迂阔。今求子之言,盖将解惑于里人。"余闻之,自顾而笑。夫世之迂阔,孰有甚于余乎?知信乎古而不知合乎世,知志乎道而不知同乎俗,此余所以困于今而不自知也。世之迂阔,孰有甚于余乎!今生之迂,特以文不近俗,迂之小者耳,患为笑于里之人。若余之迂大矣，使生持吾言而归，且重得罪（赶进一步，好），庸讵止于笑乎？然则，若余之于生，将何言哉？谓余之迂为善，则其患若此，谓为不善，则有以合乎世，必违乎古（转出相规正意），有以同乎俗，必离乎道矣。生其无急于解里人之惑，则于是焉，必能择而取之。遂书以赠二生，并示苏君，以为何如也（回顾篇首，有闲致）？

和平温厚，盛世之音。行文亦详略行法。（锡周）

墨池记

曾巩

临川之城东，有地隐然而高以临于溪，曰新城。新城之上，有池洼然而方以长，曰王羲之之墨池者，荀伯子《临川记》云也。羲之尝慕张芝，临池学书，池水尽黑，此为其故迹，岂信然邪？方羲之之不可强以仕（闲情逸致），而尝极东方，出沧海，以娱其意于山水之间，岂有徜徉肆恣而又尝自休于此邪？羲之之书晚乃善，则其所能，盖亦以精力自致者，非天成也。然后世未有能及者，岂其学不如彼邪？则学固岂可以少哉，况欲深造道德者邪（小中见大）？墨池之上，今为州学舍，教授王君盛恐其不章也，书"晋王右军墨池"之六字于楹间以揭之。又告于巩曰："愿有记。"推王君之心，岂爱人之善，虽一能不以废，而因以及乎其迹邪？其亦欲推其事以勉其学者邪？夫人之有一能，而使后人尚之如此（跌宕多姿），况仁人庄士之遗风余思，被于来世者何如哉！

因墨池会得羲之学书，从此落想，便为天地间大有关系文字。（锡周）

书与贾明叔书后呈崔德符

田画

此书成,与诸弟读之,相对悲不自胜。嗟乎,身长七尺,气塞天地,不能饱一母!富家僮仆,厌饫粱肉,吾道非耶?奚为而至此。然折节售文章,真鄙夫事(赖此一转。不然便无气骨),此书迟迟未投,尚惜此也。其势正如提孤军,薄坚敌,矢穷力尽,饷道不继,伏兵又从而乘之(永叔言文初将家子,故言之叠叠乃尔)。当是时,不折北者鲜矣。公其筹之。

牢落中有刚劲之致。读其文,想见其人。(锡周)

黠鼠赋

苏轼

苏子夜坐，有鼠方啮。拊床而止之（情景宛然），既止复作。使童子烛之，有橐中空，嘐嘐聱聱，声在橐中。曰："嘻！此鼠之见闭而不得去者也。"发而视之，寂无所有，举烛而索，中有死鼠。童子惊曰："是方啮也，而遽死耶？向为何声，岂其鬼耶？"覆而出之，堕地乃走（形容曲尽），虽有敏者，莫措其手。苏子叹曰："异哉，是鼠之黠也（次黠鼠）！"闭于橐中，橐坚而不可穴也。故不啮而啮，以声致人，不死而死，以形求脱也（隽巧。子书所少）。吾闻有生莫智于人。扰龙伐蛟，登龟狩麟（渲染），役万物而君之，卒见使于一鼠，堕此虫之计中，惊脱兔于处女，乌在其为智也。坐而假寐，私念其故，若有告余者曰："汝惟多学而识之，望道而未见也。不一于汝而二于物（是从静中解得），故一鼠之啮而为之变也。人能碎千金之璧，不能无失声于破釜；能搏猛虎，不能无变色于蜂虿，此不一之患也（以苏注苏，滑稽之雄）。言出于汝，而忘之耶？"余俛而笑，仰而觉。使童子执笔，记余之作。

呆拈黠鼠，不成文理矣。会得有黠鼠便有为黠鼠所愚者，从此发挥，笔如游龙，见役黠鼠，不堪现身说法，故借童子作陪。善作文者化板为活，所争只在一笔两笔，切勿轻易看过。（锡周）

游赤壁赋

苏轼

壬戌之秋，七月既望（已藏下圆月矣，胜游固不可无此君），苏子与客泛舟游于赤壁之下。清风徐来，水波不兴（绝妙好辞，《三都》《两京》所无）。举酒属客，诵明月之诗，歌窈窕之章。少焉，月出于东山之上（拥出一轮冰魄），徘徊于斗牛之间。白露横江，水光接天

（好句似仙）。纵一苇之所如，凌万顷之茫然。浩浩乎如冯虚御风，而不知其所止；飘飘乎如遗世独立，羽化而登仙。于是饮酒乐甚（伏下愀然），扣舷而歌之。歌曰："桂棹兮兰桨，击空明兮泝流光。渺渺兮予怀，望美人兮天一方。"客有吹洞箫者，倚歌而和之，其声呜呜然，如怨如慕，如泣如诉，余音袅袅，不绝如缕。舞幽壑之潜蛟，泣孤舟之嫠妇。苏子愀然，正襟危坐而问客曰："何为其然也？"客曰："'月明星稀，乌鹊南飞'，此非曹孟德之诗乎？西望夏口，东望武昌，山川相缪，郁乎苍苍，此非孟德之困于周郎者乎？方其破荆州，下江陵，顺流而东也，舳舻千里，旌旗蔽空，酾酒临江，横槊赋诗，固一世之雄也，而今安在哉（感慨系之）？况吾与子渔樵于江渚之上，侣鱼虾而友麋鹿（他人只此一便了，更无下文。一段海阔天空之文），驾一叶之扁舟，举匏樽以相属。寄蜉蝣于天地，渺沧海之一粟，哀吾生之须臾，羡长江之无穷。挟飞仙以遨游，抱明月而长终；知不可乎骤得，托遗响于悲风。"苏子曰："客亦知夫水与月乎？逝者如斯，而未尝往也。盈虚者如彼，而卒莫消长也。盖将自其变者而观之，则天地曾不能以一瞬；自其不变者而观之,则物与我皆无尽也。而又何羡乎(实有妙悟。晋高八达从不解此)?且夫天地之间,物各有主,苟非吾之所有,虽一毫而莫取。惟江上之清风,与山间之明月,耳得之而为声,目遇之而成色。取之无禁,用之不竭(高谈卓识,络绎纷披,乃知先生浩浩落落中具有一番真实学问)。是造物者之无尽藏也,而吾与子之所共适。"客喜而笑,洗盏更酌。肴核既尽,杯盘狼籍。相与枕藉乎舟中,不知东方之既白。

前赋写初秋,后赋写初冬。前赋全从赤壁着笔,后赋全从复游落想。前赋雄浑,后赋幽峭。而总以一轮皓月出没其间,虽起东坡而问之,亦应以吾言为然。集中不录骚赋,而独登先生三作者,喜其豪迈不羁,不规抚司马、班、扬也。盖司马、班、扬,人工也;东坡三赋,仙笔也。彼此相较,敻乎远矣!(锡周)

重游赤壁赋

苏轼

是岁十月之望（便承前篇来），步自雪堂，将归于临皋。二客从予，过黄泥之坂。霜露既降，木叶尽脱，人影在地，仰见明月（月明，故影在地。以倒句出之，真仙笔也），顾而乐之，行歌相答。已而叹曰："有客无酒，有酒无肴，月白风清，如此良夜何？"客曰："今者薄暮，举网得鱼，巨口细鳞，状似松江之鲈。顾安所得酒乎？"归而谋诸妇，妇曰："我有斗酒，藏之久矣，以待子不时之需。"于是携酒与鱼，复游于赤壁之下。江流有声，断岸千尺，山高月小，水落石出（是舟行，是初冬，是月夜，是复游）。曾日月之几何，而江山不可复识矣（顾此茫茫，百端交集）！予乃摄衣而上，履巉岩，披蒙茸，踞虎豹，登虬龙，攀栖鹘之危巢，俯冯夷之幽宫，盖二客不能从焉（闲中忽逗二客）。划然长啸，草木震动，山鸣谷应，风起水涌（读此令人赋怀泉涌）。予亦悄然而悲，肃然而恐，凛乎其不可留也。反而登舟，放乎中流，听其所止而休焉（写游兴畅满）。时夜将半，四顾寂寥。适有孤鹤，横江东来（忽作此闲散之笔，意者自喻其文心之灵异欤？却二客），翅如车轮，玄裳缟衣，戛然长鸣，掠予舟而西也。须臾客去，予亦就睡。梦一道士，羽衣翩跹，过临皋之下，揖予而言曰："赤壁之游乐乎？"问其姓名，俛而不答。呜呼！噫嘻！我知之矣！"畴昔之夜，飞鸣而过我者，非子也耶？"道士顾笑，予亦惊寤。开户视之，不见其处。

确是第二次游赤壁文，其设色之工，觉潘、鲍、江、庾有其才情，逊其神韵也。自来坊本，颜曰《前赤壁赋》《后赤壁赋》。予览之，辄欲笑来，妄以鄙意较正之。（锡周）

与米元章书

苏轼

岭海八年,亲友旷绝,亦未尝关念。独念吾元章迈往凌云之气,清雄绝世之文,超妙入神之字,何时见之,以洗我积年瘴毒耶(浩浩落落,与晋人旷达全别)?今真见之矣,余无足云者。

空诸所倚,独往独来。一片明光锦也。(锡周)

答秦太虚书

苏轼

所居对岸武昌,山水佳绝。有蜀人王生在邑中,往往为风涛所隔,不能即归,则王生能为杀鸡炊黍,至数日不厌。又有潘生者，作酒店樊口，棹小舟径至店下，村酒亦自醇酽。柑橘椑柿极多，大芋长尺余，不减蜀中。外县米斗二十，有水路可致。羊肉如北方，猪、牛、獐、鹿如土，鱼、蟹不论钱。岐亭监酒胡定之，载书万卷随行，喜借人看。黄州曹官数人，皆家善庖馔，喜作会。太虚视此数事，吾事岂不既济矣乎（趣绝）？欲与太虚言者无穷，但纸尽耳。展读至此，想见掀髯一笑也！

风致嫣然，如雨后佳花，迎人而笑。（锡周）

答王敏仲书

苏轼

某垂老投荒，无复生还之望，昨与长子迈诀，已处置后事矣。今到海南，首当作棺，次便作墓，仍留手疏与诸子，死即葬于海外，庶几延陵季子嬴博之义。父既可施之子，子独不可施之父乎？生不挈家，死不扶柩，此亦东坡之家风也（先生一笑而起，渺海阔而天空）。此外燕坐寂照而已。

是之谓威武不能屈，是之谓无入而不自得。勿误与刘伯伦死即埋此同看。（锡周）

猎会诗序

苏轼

雷胜，陇西人。以勇敢应募得官，为京东第二将。武力绝人，骑射敏妙，按阅于徐。徐人欲观其能，为小猎城西。又有殿直郑亮、借职缪进者，皆骑而从，弓矢刀槊，无不精习。而驻泊黄宗闵，举止如诸生，戎装轻骑，出驰绝众。客皆惊笑乐甚。是日小雨甫晴，土润风和，观者数千人（正叙只此已足）。曹子桓云（妙接，若再自措一语便是钝）："汉建安十年始定冀州，濊貊贡良弓，燕代献名马。时岁之春，勾芒司节，和风扇物，弓燥手柔，草茂兽肥，与兄子丹猎于邺西，手获獐鹿九、狐兔三十（以此代当日所获，文心灵妙）。"驰骋之乐，边人武吏日以为常。如曹氏父子横槊赋诗，以传于世，乃可喜耳（只赞曹氏，终不肯钝置一笔也）。众客既各自写其诗，因书其末，以为异日一笑（一笔合上文，情致已足）。

不过借客形主耳。倒转用之，便异常灵变。（锡周）

淮阴侯庙记

苏轼

应龙之所以为神者，以其善变化而能屈伸也。夏则天飞，效其灵也，冬则泥蟠，避其害也。当嬴氏刑惨网密，毒流海内，销锋镝，诛豪俊，将军乃辱身污节，避世用晦，志在鹄起豹变，食全楚之租，故受馈于漂母。抱王霸之略，蓄英雄之壮图，志轻六合，气盖万夫，故忍耻胯下。洎乎山鬼反璧，天亡秦族，遇知己之英主，陈不世之奇策，崛起蜀汉，席卷关辅。战必胜，攻必克，扫强楚，灭暴秦，平齐七十城，破赵二十万。乞食受辱，恶足累大丈夫之功名哉？然使水行未殒，火流犹潜，将军则与草木同朽，麋鹿俱死，安能持太阿之柄，云飞龙骧，起徒步而取侯王？噫，自古英雄之士，不遇机会，委身草泽，名堙灭而无称者，可胜道哉！

前路先将人所同有之意，演说一番。着眼在末幅一掉，无限感慨。（锡周）

放鹤亭记

苏轼

熙宁十年秋，彭城大水，云龙山人张君之草堂，水及其半扉。明年春水落，迁于故居之东，东山之麓。升高而望，得异境焉，作亭于其上。彭城之山，冈岭四合，隐然如大环，独缺其西十二（佳境果奇，而妙笔足以达之），而山人之亭，适当其缺。春夏之交，草木际天，秋冬雪月，千里一色，风雨晦明之间，俯仰百变。山人有二鹤，甚驯而善飞，旦则望西山之缺而放焉，纵其所如，或立于陂田，或翔于云表，暮则傃东山而归，故名之曰放鹤亭。郡守苏轼，时从宾客僚吏往见山人，饮酒于斯亭而乐之。揖山人而告之曰："子知隐居之乐乎（想路奇）？虽南面之君，未可与易也。《易》曰：'鸣鹤在阴，其子和之。'《诗》曰：'鹤鸣于九皋，声闻于天。'盖其为物，清远闲放，超然于尘垢之外，故《易》《诗》人以比贤人君子、隐德之士，狎而玩之，宜若有益而无损者。然卫懿公好鹤则亡其国，周公作《酒诰》，卫武公作《抑戒》，以为荒惑败乱无若酒者。而刘伶阮籍之徒，以此全其真而名后世。嗟夫！南面之君，虽清远闲放如鹤者，犹不得好，好之则亡其国（天然奇趣，供其挥霍），而山林遁世之士，虽荒惑败乱如酒者，犹不能为害，而况于鹤乎！由此观之，其为乐未可以同日而语也。"山人忻然而笑曰："有是哉！"乃作放鹤、招鹤之歌。

绝妙思路。仲长统《乐志论》，念不到此。（锡周）

记承天夜游

苏轼

元丰六年十月十二日夜,解衣欲睡,月色入户,欣然起行。念无与为乐者,遂至承天寺寻张怀民,亦未寝(同调)。相与步中庭。庭下如积水空明,水中藻荇交横,盖竹柏影也(如此写月,便是仙笔)。何夜无月,何处无竹,但少闲人如吾两人者耳。

试问有甚么忙,还是人不肯闲?(锡周)

方山子传

苏轼

方山子,光、黄间隐人也。少时慕朱家、郭解为人,闾里之侠皆宗之。稍壮，折节读书，欲以此驰骋当世，然终不遇。晚乃遁于光、黄间，曰岐亭。庵居蔬食，不与世相闻。弃车马，毁冠服，徒步往来，山中人莫识也。见其所著帽，方耸而高，曰："此岂古方山冠之遗像乎？"因谓之方山子（偏不露）。余谪居于黄，过岐亭，适见焉，曰："呜呼，此吾故人陈慥季常也（忽点出）！何为而在此？"方山子亦矍然问余所以至此者，余告之故，俯而不答，仰而笑，呼余宿其家。环堵萧然，而妻子奴婢皆有自得之意。余既耸然异之（略顿）。独念方山子少时，使酒好剑，用财如粪土（韩、欧、大苏传作，必有一段凌空盘旋，警策异常之文，是其精神团结处也）。前十有九年，余在岐山，见方山子从两骑，挟二矢，游西山。鹊起于前，使骑逐而射之，不获。方山子怒马独出，一发得之。因与余马上论用兵及古今成败，自谓一时豪士。今几日耳，精悍之色，犹见于眉间（排宕可喜），而岂山中之人哉！然方山子世有勋阀，当得官，使从事于其间，今已显闻。而其家在洛阳，园宅壮丽与公侯等，河北有田，岁得帛千匹，亦足以富乐。皆弃不取，独来穷山中，此岂无得而然哉？余闻光、黄间多异人，往往佯狂垢污,不可得而见。方山子倘见之欤(不了)?

曲折顿挫,慷慨淋漓,全部《史记》供其驱使。文至髯苏,真如挟飞仙以遨游。(锡周)

日喻

苏轼

生而眇者不识日,问之有目者。或告之曰:"日之状如铜槃。"扣槃而得其声,他日闻钟,以为日也。或告之曰:"日之光如烛。"扪烛而得其形,他日揣籥,以为日也。日之与钟、籥亦远矣,而眇者不知其异,以其未尝见而求之人也。道之难见也甚于日,而人之未达也无以异于眇。达者告之,虽有巧譬善导(似为洛党而发),亦无以过于槃与烛也。自槃而之钟,自烛而之籥,转而相之,岂有既乎?故世之言道者,或即其所见而名之,或莫之见而意之,皆求道之过也。

掇百家之英,而隽异过之。(锡周)

书临皋亭

苏轼

东坡居士酒醉饭饱,倚于几上,白云左缭,清江右洄,重门洞开,林峦坌入。当是时,若有思而无所思(即此便是羲皇上人),以受万物之备。惭愧,惭愧!

得自在乐。(锡周)

定州辞诸庙文

苏轼

轼得罪于朝,将适岭表。虽以谪去,敢不告行(未免有情)。区区之心,神所鉴听。尚飨!

有一种说不得光景。(锡周)

王子立墓志铭

苏轼

知性以为存，不寿非其怨也。知义以为荣，不贵非其羡也。而未能忘于文（妙转），则犹有意于传也。呜呼，百世之后，其姓名与我皆隐显也（才人自信如此）。

极力抬高子立，而己亦置身百尺楼矣。(锡周)

惠州官葬暴骨铭

苏轼

有宋绍圣二年，官葬暴骨于是。是岂无主？仁人君子（妙），斯其主矣。东坡居士铭其藏曰："人耶天耶？随念而徂。有未能然，宅此枯颅。后有君子，无废此心

（其言蔼如，只此已足）。陵谷变坏，复棺袭之。"

寓滋味于澹泊。（锡周）

答人约观状元

苏辙

圣天子策天下英豪而赐之官,为首选者,既拜命,拥出丽正门。黄旗塞道,丹彩被体,马蹄蹀躞,望坝头而去。观者云合,吁!亦荣矣。然子观人者乎,欲为人所观乎?若欲为人所观,则移其所以观人者观书。

状元必观书乎?观书必状元乎?自得子云:观状元固极无谓,然观书亦甚扯淡。(锡周)

蔡叔论

苏辙

世俗之说曰:舜囚尧,不得其死,禹逐舜,终于苍梧之野。周公将弑成王,二叔讥之,乃免于乱。彼以小人之情,度君子之心,亦何所不至哉。今夫圣人虽与世同处,而其中浩然与天地同量,彼其食粟衣帛,盖有不得已耳(眼前妙论,如香山诗,老妪亦解),而况与人争利哉!诸葛孔明受托昭烈以相孺子,虽使取而代之,蜀人安焉。然君臣之义,没身不替。孔明尚然(好衬托),而况于圣人乎?彼小人,何以知之。

笔有断制,语无枝叶。高谈雄辩惊四筵,正不在衮衮多言也。录此为短篇金科玉律。买菜求益者当自崖而返。(锡周)

燕论

苏辙

燕,召公之后,然国于蛮貊之间,礼乐微矣。春秋之际,未尝出与诸侯会盟,至于战国,亦以耕战自守,安乐无事,未尝被兵。文公二十八年,苏秦入燕,始以纵横之事说之。自是兵交中国，无复宁岁，六世而亡。吴自太伯至寿梦，十七世不通诸侯。自巫臣入吴，教吴乘车战射，与晋、楚力争，七世而亡。燕、吴虽南北绝远，而兴亡之迹，大略相似。彼说客策士，借人之国，以自快于一时（澹宕），可矣，而为国者因而徇之，猖狂恣行，以速灭亡，何哉？夫起于僻陋之中，而奋于诸侯之上，如商周先王以德服人则可（探源之论），不然皆祸也。至太子丹不听鞠武而用田光，欲以一匕首毙秦，虽使荆轲能害秦王，亦何救秦之灭燕（发人所未发），而况不能哉！此又苏秦之所不取也。

论不必惊人，但中窾耳。更能于他人极忽略处着精神。（锡周）

答宋殿直书

黄庭坚

人胸中久不用古今浇灌之,则俗尘生其间,照镜则觉面目可憎,对人亦语言无味也。

人与花卉不同,灌花用粪秽,灌人心源还须雅驯。外间偏以腐烂时文锢蔽子弟灵府,何耶?(锡周)

秘丞章蒙明发集序

张耒

古之论人者，考其人不计其功，士固有其才可以有为，而不幸不及施，与既施而中夺者，何可胜数。而中才常人乘时以功名显者，世常有之。孟子曰："若夫成功则天也。"夫成败系天者，其未可以贤不肖必也。司马子长论李将军为将，其言哀痛反覆，深悲其无功，以谓百姓知不知皆为垂涕。至论霍去病，无他美，独曰"常有天幸，不至乏绝"。夫子长不少假借于屡胜之去病，而独拳拳于老死之李广，何哉（何人不读《史记》？妙悟者会心乃尔）？彼惟深痛夫庸人冒时以取名，而豪杰之士制于命而不得少就其志，故其与夺之际如此（皆前人所未发者，读之新奇而可喜）。嗟乎！岂独人事哉？凡物亦然。大夏生殖，而丛棘能有所庇，疾风烈寒，大木百围，僵仆而死。秋水时至，沟畎有一溉之功，而岁寒渊竭，江河不足活鱼鳖。物固系其所遭者哉！今年春，予遇友人会稽章邦老于宛丘，一见予，再拜泣涕，出其先人秘丞君诗文三编及其行状，求予文以为之序。其文章议论甚高，而叹其不大设施也。

欧公、江邻几《梅圣俞文集序》，不过悲其不遇，作楚囚相对之态耳。此独从大处立议论，穷源溯流，殊令人耳移目换。（锡周）

汉景帝论

张耒

景帝称窦婴沾沾自喜多易，不足以任宰相因持重，乃相卫绾。夫自喜多易固不足以持重，是也，而求持重者必如卫绾，则已甚矣。古之知人者，不观其形而察其情，得其妙而遗其似。夫天下之善恶，其似者固未必是，而其真者或不可以形求也（阅历有得之谈）。绾，车戏之贱士也，其椎鲁庸钝，偶似夫敦厚长者之形耳。夫敦厚之士,其用之也必有蒙其利者矣,岂谓其无是非可否,如偶人而已哉?苟以是为长者而用之,则世之可谓持重者多矣。夫恶马之奔踶也,求其无奔踶可矣,得偶马而爱之,可乎(醒豁之至)?景帝之相绾也,是爱偶马之类也。帝之恶周亚夫也,曰"此鞅鞅非少主臣也",卒杀之。夫天下之情,其未见于利害之际者,举不可知,而要之易劫以势者,易动以利(善论)。不轻许人之私者,不轻行其私。亚夫之不纳文帝于细柳,与夫不肯侯王信,可谓不可以势劫而无私意矣。仗节死义,与夫见利而心不动,非轻势而灭私者莫能。可以相少主、共危难者,意非亚夫不可,而帝乃反之。是徒以其刚劲不苟,其形若难制而嫚上者,故杀之而不疑。呜呼!景帝者,求人于形似而失之者也(断定)!盖昔者高祖求传如意者而不可得,一周昌能强项面折,而高祖遂以赵王委之。夫昌之不能脱如意于死,其势盖有所迫,而所以任昌者,固相危弱之道也。嗟夫!周昌以此见取,而亚夫乃用是不免,则景帝之与高祖,其观人也亦异矣(便全学苏家体制)!

眉山父子，作论巨灵手也。其才情固堪推倒一世，然雄放中不免有武断气，亦安能曲为昔人讳耶？文潜出大苏门下，有苏之见解，有苏之才气，而尔雅温文溢于言论风旨之间。今披其集中诸论，可谓谈言微中，而纡徐卓荦，兼而有之者矣。恨限于卷帙，不能备载耳。（锡周）

古砚铭

崔鸥

知其白,守其黑(出《道德经》),似老。学不厌,教不倦,似孔。其实墨家者流,摩顶放踵。

谐趣而奇确,胜唐子西作。唐(锡周)(原文如此,有待查证)。

郑默字序

唐庚

郑子以其名默,求字于余。余为之说曰:韩非作《说难》,竟以说死。箕子过商,欲哭而不敢。梁子作《五噫》之歌,明帝闻而非之。近世蔡常山以笑贬海上。甚矣,处世之难也!言、笑、歌、哭,皆有所禁,则子之欲默也宜哉。虽然,孟子不与右师言,右师不悦。由是言之,默遂可以免乎?字之曰"时言"。

尼父垂训于春秋之世,未尝以言招尤。立议者宜知所折衷矣。(锡周)

射象记

唐庚

政和三年三月乙卯，有象逸于惠州之北门。惠人相与攻之，操戈戟、弓弩、火炬者至数百人，而空手旁观鼓噪以助勇者亦以千计。既至，皆逡巡不进。有监税蒙顺国者，邕州边人，以趫捷自矜，短衣踊跃，被数十矢射之，中项背，如猬毛，象庞然不动，徐以鼻卷去。最后中左耳，流血被面，象怒驰之，顺国弃弓反走，未数步，象以鼻钩其膝，盘之于地，蹂践之。众溃走散，象亦缓缓引去。少焉，吏卒就视，则顺国已碎首折胁、陷胸流肠死矣。吾时方食，闻之投箸叹息（锁一笔起下）。嗟夫！使象得入城，则鼻之所触，齿之所拂，足之所蹴，岂复有邑屋居民聚落也哉！为万人排难，而以一身死之，此吾所以叹也（以排难救人为己任）。然吾闻交趾捕象，必用机阱，未有直决者。吾尝识其形矣：其立如屋，其卧如堤，其行如舟，是岂可与力竞也哉？若人者，可谓愚矣，此吾所以又叹也（不量事力）。然向使百数人者叶心戮力，齐奋而共击之，亦未必不胜。脱令不胜，犹当不至于此。此吾所以又叹也（困于无助）。虽然，古之不量事力，奋区区之忠，以排难救人为己任而困于无助，以至碎首折胁、陷胸流肠而死者，亦安可胜数（总上三者，推开说）！凡有志而无成者皆是也（可为长太息），何独此哉！此吾所以又叹也。作《射象记》。

不说破，不说完，一唱三叹，邈然神远。（锡周）

谒昭烈庙文

王十朋

呜呼！东都之季，盗窥神器，分鼎者三帝（不刊之论），乃刘氏有高皇度，有光武志，有王佐臣，无中原地（确）。以区区蜀，抗大国二，天厌汉德，壮图弗遂。功虽少贬，四海归义。永安故宫，遗迹可纪。君臣有庙，英雄堕泪。岁月浸远，栋宇莫治。某来守是邦，过而兴喟，一新庙貌，薄荐肴裁。旁观八阵，细读三志，我虽有酒，不祀孙吴。我虽有肴，不飨曹魏（胆识俱臻绝顶）。

三分鼎峙，昭烈独令人怜。蜀为正统，岂待紫阳奋笔哉！（锡周）

东方智士说

朱敦儒

东方有人自号智士,才多而狂心,凡古昔圣贤与当世公卿长者,皆摘其短缺而非笑之。然地寒力薄,终岁不免饥冻。里有富人,建第宅甲其国中,车马奴婢、钟鼓帷帐惟备。一旦,富人召智士语之曰:"吾将远游,今以居第贷子。凡室中金宝资生之具无乏,皆听子用不记。期年还,则归我。"富人登车而出,智士杖策而入(入梦),僮仆伎妾,罗拜堂下,各效其所典簿籍以听命,号智士曰"假公"(奇称,即守财虏之别名)。智士因遍观居第,富贵伟丽过王者,喜甚。忽更衣东走圊,仰视其舍卑狭,俯阅其基湫隘,心郁然不乐(病根在此),召纪纲仆让之曰:"此第高广而圊不称。"仆曰:"惟假公教。"智士因令彻旧营新,狭者广之,卑者增之,曰:"如此以当寒暑,如此以蔽风雨。"既藻其梲,又丹其楹。至于聚筹积灰，扇蝇攘蛆，皆有法度。事或未当，朝移夕改，必善必奇。智士躬执斤帚，与役夫杂作（世之所谓勤俭作家者如此），手足疮茧，头蓬面垢，昼夜忘眠食，忉忉焉惟恐圃之未美也。不觉阅岁，成未落也。忽闻者奔告曰："阿郎至矣（泡影须臾事）！"智士仓皇弃帚而趋迎富人于堂下，富人劳之曰："子居吾第乐乎？"智士恍然自失，曰："自君之出，吾惟圃是务（夜来真大梦耶），初不知堂中之温密，别馆之虚凉。北榭之风，南楼之月，西园花竹之胜，吾未尝经目，后房歌舞之妙，吾未尝举觞。虫网琴瑟，尘栖钟鼎，不知岁月之及，子复归而吾当去也。"富人揖而出之（此时并不复号"假公"矣）。智士还于故庐，且悲且叹，悒悒而死。市南宜僚闻而笑之，以告北山愚公。愚公曰："子奚笑哉？世之治圃者多矣，子奚笑哉！"

造物颠倒世人，奇矣！此文结撰出造物愚人之巧，更奇。大约古人锦心绣口，有绝非浅学所能梦见者。《史记·李斯列传》，以鼠起，以犬结，而李斯人品依稀可见。其神奇全在有意无意间，不肯稍露圭角也。吾友朱子昆发语予云："鸿文以斩关夺隘为难，小品以不落言诠为高。"有味哉！予爱古文，丹黄甲乙，乐不为疲，然清夜自思，殊觉无谓。至于人间富贵，尤非所愿，行将避迹深山，妻梅友竹，从赤松子游耳！（锡周）

萧何论

杨时

高皇帝收民于暴秦伤残之余,而何秉国钧,尽革秦苛法,与之更始,天下宜之。作画一之歌,其法令终汉世守之,莫能损益也。班固谓为一代宗臣,岂虚语哉!然高皇帝既平天下,于功臣尤多忌刻,何为宰辅,至出私财以助军,买田宅以自污,以是媚上,仅能免矣,其甚至于械系之,犹不知引去。岂工于为天下而拙于谋身耶?盖不学无闻,暗于功成身退之义,贪冒荣宠,惴惴然如持重宝,惟恐一跌,然而几蹈者亦屡矣。盖高皇帝慢而侮人,而轻与人爵邑,故不能得廉节之士(商山四皓所以义不辱),而一时顽钝嗜利无耻者多归之。以何之贤,犹不免是,惜夫!

作论不中要害,满纸铺排,皆浮谈耳。龟山此篇,胸如照妖镜,舌如龙泉剑,直令人开口不得。(锡周)

与叔兴书

韩驹

浮江二千里,眼厌旌旗,不料到此复见扰扰也。然驹间关自贼中来,最能言其情状,若无内应,决不能入,故须静以俟之。扰则民怨,惊则民骇。二者足以召变,不可不知也。

要言不烦。然所谓静以俟之者,必须有备,然后无患。亚夫军难犯,岳家军难撼,皆先谋定,故能静镇耳。(锡周)

记交趾进异兽

苏过

麒麟凤凰,天所生也,虎豹蛇蝎,亦天所生也。生麟凤矣,必复生虎豹蛇蝎(真不可解),苍苍者或自有说。然天之生麟凤也不数,而虎豹蛇蝎害人之物,往往蕃衍于深山大泽间(亘古不平),耽耽焉,逐逐焉,肆其爪牙之利,以逞其口腹之欲,宜乎麒麟凤凰高飞远引,不一游于世也(无限感愤)。

不得其平则鸣,较之东坡,锋芒更露。(锡周)

跋韩晋公牛

陆游

予居镜湖北渚，每见村童牧牛于风林烟草之间，便觉身在图画。自奉诏绁史，逾年不复见此，寝食皆无味。今行且奏书矣，奏后三日，不力求去，求不听辄止者。有如日。

高蹈之思，奇特之气，拂拂从十指间出。（锡周）

祭朱元晦文

陆游

某有捐百身起九原之心，有倾长河注东海之泪，路修齿耄，神往形留。公殁不亡，尚其来飨。

文章恢奇至此，尚有一字未脱否？（锡周）

劝学说

朱熹

勿谓今日不学而有来日,勿谓今年不学而有来年,日月逝矣,岁不我延。呜呼已矣!是谁之愆?

此学人通病也。录之当晨钟暮鼓,功匪浅鲜。(锡周)

跋苏子美四时歌真迹

周必大

同时则妒贤嫉能,异世乃哀穷悼屈,古今殆一律也。使刘元瑜辈见子美词翰于百年之后,则所谓一网之举,安知不转为什袭之藏乎?

绝妙思致。不肯作悲凉寂寞语,使人读之垂首丧气。(锡周)

送郭银河序

杨万里

予闻郭银河妙于数,其谈祸福多奇中,其书杉溪先生尚书刘公,又其奇中之尤者也。乾道戊子十一月二十日来谒予,貌甚古,辞甚辩,如轩辕弥明之长颈楚语也。于十二子五运六气,言之如汉廷诸老生之论治也,如秦医和、缓,汉太仓公之知病也。予惊且奇之,与旧所闻无所不及而有加焉。予问之曰:"子之技前于人,而子之贫亦前于人,独何欤?"银河仰而笑,俯而叹曰:"技不负予也,予惟恐负技也。惟恐负技,故以人徇技,而不以技徇人。其于人也,不有所迎而有所撄,以至于斯也。然予之贫可守,而予之守不可悔(雅与鄙趣合)。"予益奇之,如银河者,其隐于技者欤?挟技者必有求,求不得则罪其技。自技而之贫,自贫而之悔,自悔而无所不之也(穷且益圣者几人)。不为此者希矣!如银河者,其隐于技者欤!

　　数学,小技耳。作者乃另立议论,为世间轻于贬节者痛下一针,所以久传。(锡周)

祭吴履斋文

季苾

潞公不能不疏,温公不能不毁,赵忠简不能不迁,寇莱公不能不死。尔民无禄,岂天厌之?呜呼,后世而无先生者乎,孰能志之?后世而有先生者乎,孰能待之?

爽籁发而清风生。(锡周)

跋绍兴辛巳亲征诏草

辛弃疾

使此诏见于绍兴之前,可以无事仇之大耻;使此诏行于隆兴之后,可以卒不世之大功。今此诏与此房,犹俱存也,悲夫!

宗留守连呼过河,岳武穆惋愤泣下,同是一副眼泪。(锡周)

相者张仲思觅序

程珌

孔明、公瑾、祖豫州、谢幼度诸人固未尝死,但浮沉梁、益、荆、吴耳!如君眼明,不患不识,但患足未遍耳。盍行乎,倘得之,悉与俱来!

雄放高古,子长得意生也。眼界不高,胸次不阔,决不能道只字。(锡周)

岳飞论

章如愚

天未厌宋，王秉忠肝义胆以生（雄伟之思，平允之论）；天未亡金，王抱赤心愤气以死。天乎！丰其才矣，使不啬其用，大其任矣，使不狭其成。虽九庙之耻，立谭可雪，何但纾一邑之难，虽河北二百州之版图，不崇朝而复，何至悠悠岁月，尚守江南十数道之疆域耶？

天既生飞，何生桧耶？即桧亦无词杀王，而仅以"莫须有"三字文致其罪。是天亦几不能杀王也。且天诚欲杀王，何不杀以疾病，杀以成阵，而必使之毙于贼桧之手耶？是皆不可解也。既不可解矣，又何必赞论乎哉！（锡周）

祭方孚若宝谟文

刘克庄

公没旬浃,小君偕逝,高年之母茕然独存。语之土木,犹当流涕,况平生交友之情哉!呜呼!昔与公饮,常恨酒少,今举此觞,公不能釂(然则良朋聚首,奈何不饮),呜呼哀哉!

浅语自尔情至。(锡周)

赠秘阁修撰陈公东赞

刘宰

陈公以布衣叩阍,恨不手锄奸佞。今虽死,垂绅正笏,生气凛凛。奸佞者盍少避,终不减段太尉无恙时。

寥寥三四语,陈公已须眉毕现,令读者并忘其为像赞矣。(锡周)

塔灯记

车若水

台之巾山有塔焉,朔望之夕,群灯环之,光闪半空。问之僧,曰:"檀越祈福一夕,铜镪三万。"予曰:"嘻!此三百人一日之粮也。鳏寡孤独,癃老废疾与我同生为人,及门呼叫,不能得一钱。至于饭伊蒲,给游手,犹曰人受用之。施膏燃塔,比间不足以照织,冥行不足以测路。以其可以活人者,弃之高山之巅,暴殄之罪,斯造物之所怒,而何福之祈?且浮屠尝自言,长竿大帛,悬幡迎风,不如以衣亲戚之穷人,真可惜也。"友人蒋叔亨闻之曰:"子久违江湖,可谓浅眼。近日天下雄刹,高甋杰楹,金泥翠楹,一日之役,辇宝如山。铜镪三万可言耶?"予默然。

无甚高论,录之以破悖愚。(锡周)

赠汪水云

周方

余读水云诗,至丙子以后,为之骨立。再嫁妇人望故夫之陇,神销意在,而不敢出声哭也。山阳夜笛,闻之者四壁皆为哽咽,正平(祢衡)操挝,听之者三台俱无声韵。噫!水云之诗,真能使人至如是,至如是其感哉!

摹拟绝工,有景有情。(锡周)

元文

刘静修画像赞

欧阳玄

微点之狂,而有春风沂水之乐;资由之勇,而无北鄙鼓瑟之声。于裕皇之仁,而见不可留之四皓;以世祖之略,而遇不能致之两生。呜呼,麒麟凤凰,固宇内之不常有也,然一鸣而六典作,一出而《春秋》成(霞铺锦上),则其志不欲遗世而独往也,明矣!亦将从周公孔子之后,为往圣继绝学,为万世开太平者耶!

词华鲜秀,风韵流美。扬子云草《太玄》,好以艰深文浅易语,毕竟难传。(锡周)

跋唐太宗六马图赞

王恽

物之贤否一定，论其遇不遇可也。昭陵六马，天降毛龙，授之英王，俾剪隋乱。及其成功，琢石为像，题真以赞，用传不朽，何其幸也！宜其声华气焰，上与房驷争光（其文亦有晶光射人）。故潼关之役，备体流汗，又何神哉！如昭烈之的卢，冉闵之朱龙，名虽存而形何见焉（无限感慨）？太史公曰："闾阎之人，虽砥行立名，非附青云之士，乌能施于后世？"

六马竟与凌烟阁功臣同传，而伏枥老骥，不获邀伯乐之一顾。升为天，降为渊，可胜慨哉！（锡周）

明文

题兰亭帖

刘基

王右军抱济世之才而不用（一语包括），观其与桓温戒谢万之语，可以知其人矣。放浪山水，抑岂其本心哉（千秋知己）？临文感痛，良有以也（笔笔宕折）。而独以能书称于后世（却正是极赞其书），悲夫！

抑扬跌宕，直逼史迁《信陵君传赞》。（锡周）

里社祈晴文

方孝孺

民之穷亦甚矣！树艺畜牧之所得，将以厚其家而吏实夺之。既夺于吏，不敢怨怒，而庶几偿前之失者，望今岁之有秋也（亦孔之哀），而神复罚之。嘉谷垂熟，被乎原隰，淫雨暴风，旬月继作，尽扑而挦之。今虽已无可奈，然遗粒委穗，不当风水冲者，犹有百十之可冀。神曷不亟诉于帝而遏之？吏贪肆而昏冥，视民之穷而不恤，民以其不足罪，固莫之罪也。神聪明而仁闵，何乃效吏之为（直言无讳），而不思拯且活之？民虽蠢愚，不能媚顺于神，然春秋报谢以答神贶者，苟岁之丰未尝敢怠。使其靡所得食，则神亦有不利焉（泥神亦应点头）！夫胡为而不察之？民之命悬于神，非若吏之暂而居、忽而代者之不相属也。隐而不言，民则有罪；知而不恤，其可与否？神尚决之。敢告。

之字押句，如闻羯鼓。庐陵《醉翁亭》嗣音也。（锡周）

独坐轩记

桑悦

予为西昌校官,学圃中筑一轩,大如斗,仅容台椅各一。台仅可置经史数卷,宾至无可升降,弗肃以入,因名之曰独坐。予训课暇,辄憩息其中,上求尧舜禹汤、文武周公、孔子之道,次窥关闽濂洛数君子之心,又次则咀嚼《左传》、荀卿、班固、司马迁、扬雄、刘向、韩柳欧苏曾王之文,更暇则取秦汉以下古人行事之迹,少加褒贬,以定万世之是非。悠哉悠哉(日长否),以永终日。轩前有池半亩,隙地数丈,池种芰荷,地杂植松、桧、竹、柏。予坐是轩,尘坌不入,胸次日拓,又若左临太行,右挟东海(逆扑),而荫万间之广厦也(奇波矗起)。且坐惟酬酢千古,遇圣人则为弟子之位,若亲闻训诲;遇贤人则为交游之位,若亲接膝而语;遇乱臣贼子则为士师之位,若亲降诛罚于前。坐无常位,接无常人,日觉纷拏纠错,坐安得独(再逆扑)?虽然(急转),予之所纷拏纠错者,皆世之寂寞者也。而天壤之间,坐予坐者寥寥(白眼看世人),不谓之独,亦莫予同。作独坐轩记。

孤芳自赏。民怿先生才丰遇啬,而不作感愤无聊之态,其得力于独坐者伙矣!(锡周)

答寇子惇书

康海

放逐后流连声伎，不复拘检，垂二十年。人苦不自知，仆既自知之，而又自忘之，此则深惑尔矣。有丑妇被黜者，借邻女之饰，更往谓夫曰："曩以不修，子故弃妾（世间尽多此种人，勿遽掀唇而笑）。今修矣，子何辞焉？"其夫拒趋而出。其姊尤之曰："一出已羞，更复何求？"其言虽鄙，可以理喻，惟万万念之。

似学《国策》，而实明文之矫矫者。（锡周）

祭少保胡公文

徐渭

呜呼！痛哉！公之律己也，则当思公之过；而人之免乱也，则当思公之功，今而两不思也，遂以罹于凶。呜呼！痛哉！公之生也，渭既不敢以律己者而奉公于始；今其殁也，渭又安敢以思功者而望人于终。盖其微且贱之若此，是以两抱志而无从。惟感恩于一盼，潜掩涕于蒿蓬。

论其受恩深处，当有溢美之词。然褒贬予夺，丝毫不苟。文士可谓有权。（锡周）

题元祐党碑

倪元璐

此碑自靖国五年毁碎,遂稀传本,今获见之,犹钦宝篆矣。当毁碑时,蔡京厉声曰:"碑可毁,名不可灭也。"嗟乎!乌知后人之欲不毁之更甚于京乎(此转不测)!诸贤自涑水、眉山数十公外,凡二百余人,史无传者,不赖此碑,何由知其姓氏哉?故知择福之道,莫大乎与君子同祸(有激之谈),小人之谋,无往不福君子也(伟论惊人,千古不刊)。石工安民,乞免著名,今披此籍,觉诸贤位中,赫然有安民在(林西仲云:咄然而止,笔力横甚)。

峻嶒气骨,韶美丰姿,已尽韩柳诸公能事。何云古今人不相及耶?似为东林诸贤立赤帜。(锡周)

读宋史礼乐志

艾南英

呜呼！汉、唐而后，礼之见于史者，果可谓之礼欤？予读其书，不过有司之仪注已耳（辣）。古之帝王，修身齐家以及于天下。殷、周之兴远自稷、契，积功累仁千有余年，而后礼乐兴。宋之为宋，规模褊浅，盖可知矣。郊禘之事，至不能举其太祖之所自出，而所为因仍附会，缘饰先代之礼以自文者，中更二三大儒，不能正其非，岂当代之君，儒者固有所不尽言欤？司马迁作《史记·礼乐书》，于高、惠、文、景之制，缺而不详。或曰十篇有录无书，书盖褚氏所补。予谓迁特讳言之，而概取荀卿诸儒礼论乐记以当之，且以寓追古慨今之意，非缺也（史公之才非不能明礼定乐者，述而不作，想因尔尔）。其意曰：是安得有礼乐云尔，然后知迁之意微远矣。若夫绍兴而后，寄国于山溪海峤之间，庶事苟且，忘亲事仇，其于礼乐之本何如也（折得倒）？予欲更定其名曰《宋礼·仪注》，而正其先后议礼之言，使是非有所究，盖史迁之意也（老气无敌）。

　　自孔子成《春秋》，而后之作者皆侈然自附。如《晏子春秋》《虞氏春秋》《吕氏春秋》之类，几数十家，何其僭也。司马迁《史记》有礼书、乐书，班固作《礼乐志》，而历代史官，后先效颦。千子先生揭出史公微意，直令不知而作者，爽然自失。大可称快。（锡周）

附

上太公尊号诏

高祖（刘邦）

人之至亲莫亲于父子（先说宜上尊号之理），故父有天下，传归于子（客），子有天下，尊归于父（主），此人道之极也。前日天下大乱，兵革并起，万民苦殃，朕亲披坚执锐，自帅士卒，犯危难，平暴乱，立诸侯，偃兵息民，天下大安，此皆太公之教训也（前论理，此论功）。诸王、通侯、将军、群卿、大夫已尊朕为皇帝，而太公未有号，今上尊太公曰太上皇。